張曼娟
·唐詩學堂·

詩無敵

張曼娟——策劃
高培耘——撰寫
來特——繪圖

十年一瞬間——學堂系列新版總序

張曼娟

常常在演講的時候，遇見一些年輕的讀者，他們從容自在的聆聽，意會的頷首，耐心等待著我為他們的書簽名，而後，像是要傾訴一個祕密那樣的靠近我，微笑著對我說：「曼娟老師，我是讀著【〇〇學堂】長大的。」【奇幻學堂】、【成語學堂】或是【唐詩學堂】就這樣被說出來，說的時候，帶著對於童年與成長的溫柔依戀。

啊！這一批孩子們已經長大了啊，他們看起來，都是很好的成年人了。也許不是念文學相關科系的，可是，他們一直保持著對於文字的敏感度，對於人情世故的理解。

「老師什麼時候要為我們這些小孩子寫書呢？」到現在，我依然能聽見最

初提出這個請求的那個女孩，對我說話的聲音。

而我確實是呼應了她的願望，開始創作並企劃一個又一個學堂系列。

以【奇幻學堂】為起點，我和幾位優秀的創作者：張維中、孫梓評、高培耘與黃羿瓅反覆的開會討論著，除了將古代經典的寶庫傳承給孩子，更想與他們一同走在成長的路上，不管是喜悅或失落；不管是相聚與離別，都是生命的課題，都那麼貴重，應該要被了解著、陪伴著，成為孩子心靈中恆常的暖色調。

這樣的發想和作品，獲得了許多家長、老師的認同，更令我們感到欣喜莫名的是，孩子們的真心喜愛。於是，接著而來的【成語學堂Ⅰ】、【成語學堂Ⅱ】和【唐詩學堂】也都獲得了熱烈回響。

十年之後，那個最初提議的女孩，化成許多個大孩子與小孩子，來到我的面前，與我微笑相認。讓我們知道，當初不只是古典新詮，更是探討孩子成長中各種情境的系列作品，有著這樣深刻的意義。

也是在演講的時候，常有家長詢問：「我的孩子考數學，演算題全對，但是一到應用題就完蛋了，他根本看不懂題目呀。到底該怎麼辦？」這是發生在許多成績優秀的孩子身上的悲劇。

「中文力」不僅能提升國語文程度，而是提升一切學科的基礎，這已經是陳腔濫調了。中文力，不僅是閱讀力，還有理解力與表達力。能不能看懂考題，在考試時拿高分，固然重要。然而，更大的隱憂卻是，應付考試，得到高分的歲月，只占了短短幾年，孩子們未來長長的人生，假若沒有足夠的理解與表達能力，他們將如何面對社會激烈的競爭？如何與他人建立良好的人際關係？這樣的擔憂與期望，才是我們十年來投入許多心血與時間，為孩子創作的初衷。

我們感知到孩子無邊無際的想像力，在成長中不斷消失，於是創作了【奇幻學堂】；察覺到孩子對成語的無感，只是機械式的運用，於是創作了【成語學堂】；發現到孩子對於美感和情感的領受，變得浮誇而淺薄，於是

創作了【唐詩學堂】。

十年，彷彿只在一瞬之間，許多孩子長大了，許多孩子正在成長，我們仍在創作的路上，以珍愛的心情，成為孩子最知心的陪伴。

目次

序

創作緣起

荒島的錦囊

張曼娟

「如果有一天，漂流到一座荒島，你有一個袋子，裡面只能裝三本書。那你要帶哪三本呢？」幾個小學生環坐我身邊，十分認真的問問題，十分認真的抄筆記，他們臉上那股太過認真的神情，讓我忍不住想胡鬧。

於是我問：「我會不會獲救呢？」

啊！幾個孩子面面相覷，有的說「會」，有的說「不會」，意見相當分歧。

我只好趕快拉回主題，像他們一樣認真的回答問題：「我想，我會帶一本形音義字典。」

「為什麼帶字典呢？」

「因為我可以慢慢的認識每一個中文字，它們為什麼長得這個樣子？為什麼是這個意思？為什麼要讀成這個音？每個中文字都是一個故事，或是一幅圖畫，我們平時太忙了，沒時間好好了解。如果到了荒島，每天認識一個字，想像一

個字的故事和身世，就不會無聊了啊。」

「第二本呢？」

「我會帶一本唐詩選，也許是《唐詩三百首》，也許是更有趣的詩選。如果是短短的絕句，一天就能讀完，如果是長一點的律詩，能讀個兩、三天呢。只要讀一首唐詩，就能把我送到完全不同的另一個地方。我會忘記了自己在荒島，忘記了生活多無聊。」

「那，第三本呢？」

「第三本是《荒島求生手冊》啦！」我說著，大笑起來。孩子們也笑了。

是的，在漂流到荒島的小小錦囊中，我一定要帶上一本唐詩選。那是我幼年時，啟蒙的最初讀物。當我還不識字的時候，母親一字一句教我背誦，許多意思我其實根本不理解。奇妙的是，每當背誦完一首詩，看待世界的眼光竟起了變化——黑夜裡被月光照亮的山，有著那樣柔美的輪廓；春天裡被風吹散的桃花，有著那樣優美的弧度；湖水在陽光下閃動，像許多隱藏著祕密的眼睛——我感覺到一種莫名的感動或感傷，緩緩在心中膨脹起來。多年以後才明白，這

就是美感的體驗啊。

二○○五年，我成立了【張曼娟小學堂】，堅持將「讀詩」納入課程中，為的也就是要帶給孩子美感的啟發。他們用一首詩扣問人世，整個世界以龐大的聲音、氣味、色彩、光影來回應。於是，孩子被觸動了，他想要理解、詮釋、表達、創作，用著詩人的眼睛與心靈。

自二○○六年開始，與親子天下展開了一系列合作，從【張曼娟奇幻學堂】、【張曼娟成語學堂I】到【張曼娟成語學堂II】，非常幸運的是，我們擁有最優秀的創作與發行團隊，不斷尋找新的模式及創意，每一本書的呈現都如此亮眼動人。更幸運的是，這一系列的作品，獲得許多肯定與認同，家長、老師和孩子們，真心喜歡這些好聽的故事。每一次的好成績，都使我們得到極大的鼓舞，一定要為孩子寫出嶄新的好故事，並且，還能把古老的經典融合其間。我想，這也是最大的艱難與挑戰。

這一次，我們挑選的主題是盛唐詩人及著名詩作，如何能與全新故事結合？相當有經驗的四位寫作者，用整整一年的時間，共同完成了【張曼娟唐詩學堂】。

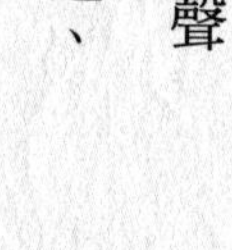

高培耘的《詩無敵》，寫的是李白與小男孩小光的宿世情緣；張維中的《讓我們看雲去》，則是未來世界的雲仔遇見了王維；孫梓評的《邊邊》中，胖胖的英雄勇闖大漠，風沙中邂逅了岑參、高適與許多邊塞詩人；黃羿瓅的《麻煩小姐》則以懸疑的題材，重現杜甫的光焰萬丈長。

就這樣，算是完整勾勒出盛唐詩歌的版圖。浪漫派的李白、社會寫實派的杜甫、自然田園派的王維、孟浩然，以及邊塞詩人與詩作特有的豪氣干雲。古典詩並不只是苦苦背誦的教材而已；並不只是《唐詩三百首》中排列的人名與五言、七言而已，經過四位作家令人驚喜的想像、高度的創作技巧，每一首詩都有體溫，每一位詩人仍那樣熱切的抒情。

而漸漸長大的孩子，終會發現，哪怕從不出海，人生也會有某些「荒島時刻」，感覺自己被放逐，那樣孤單無助。這時候，他們也許會想起隨身攜帶的錦囊，小小的錦囊中有微微發亮的詩，當他輕輕誦讀，便聽見了鳥語，嗅聞到花香，整個世界露出溫柔的微笑。

謹序於二〇一〇年　又見白露　臺北城

人物介紹

小光

男生，十二歲，成績普通、安靜寡言的他在班上並不起眼，但因為懂得的成語故事比同學多，所以從四年級開始就是班上的成語小老師。在進入六年級的暑假之前，被老師指派為「李白舞臺劇」的小組長，他將帶領三個性格迥異的組員完成這個不可能的任務。沒想到在探索李白生平與故事的過程中，竟然遇見一位神祕的李爺爺，並且進入盛唐的宮殿，親眼看見了楊貴妃……

米其林

女生，十二歲，小光的同學。身材圓圓胖胖的，就像胖胖的米其林寶寶一樣可愛。個性活潑開朗，有話就說，最喜歡打抱不平，是「一根腸子通到底」的代表人物。

機車王

男生，十二歲，小光的同學，相當自戀的天兵性格，是班上最不受歡迎的人物，尤其和米其林水火不容。在準備李白舞臺劇的過程中，投機取巧，卻仍時時以男主角自居，宣稱只有他才能詮釋李白的才情與瀟灑。

大亨

男生，十二歲，小光的同學。戴著厚厚圓眼鏡的他，最擅長把繁複的資料表格化，是一個邏輯清楚、條理分明的人，也是李白小組的資料達人。

李爺爺

突然出現的謎樣老人，白色鬚髮，混搭穿著，沒有皺紋的紅潤臉龐，看起來就像年輕人。自稱是小光外公外婆的老朋友，最愛外公釀的酒。他引領小光走進李白的世界，卻也帶給他意想不到的驚奇之旅。

外婆

小光的外婆，曾經是小學國文老師，最愛說故事給小光聽。外公去世沒多久，外婆就搬去快樂社區，罹患失智症的她，已經忘記最親愛的家人，卻仍清楚記得神祕的李爺爺。

星野

來自日本，是居酒屋的料理師父，傾心中華文化。尤其是李白的詩，曾幫助他走過人生困境。

光爸

小光的爸爸。為了保存外公的居酒屋而辭去工作，成為居酒屋的第二代老闆。總是抱著樂觀的想法，三言兩語就能舒緩緊張的氣氛。

光媽

小光的媽媽，電腦程式設計師。典型的職業婦女，卻很注重孩子的教育，也用心照顧住在快樂社區的失智症母親，是個既有效率又重感情的人。

油條伯

外公、外婆的老鄰居，曾經開過豆漿店。擁有一身烤燒餅、炸油條的神奇絕技，是個樂天性格的老人。曾因為李白的詩而得到終身幸福。

嘟嘟

白色捲毛公狗，有著圓圓亮亮的大眼睛，是陪伴小光一起長大的好朋友。某一天，嘟嘟失蹤了，為了尋找牠，小光一次次進入異時空冒險，卻一再失落而回。但小光從未忘記牠，一心一意希望嘟嘟重回身邊。

第一章

時光旅人

舉頭望山月，低頭思故鄉

夜裡可以看到山的輪廓，表示月亮真的很亮呢。

「各位同學，你們的五年級就在今天結束嘍！放完暑假，大家就升上六年級了，要好好把握這最後一個快樂假期。」秦老師剛剛講完，下課鐘聲很配合的響起。

全班同學一陣鼓噪，收拾書包，拉開椅子，班長大聲的喊：「起立！敬禮！謝謝老師！」

小光才行完禮，後面的米其林立刻衝過來，拽住小光，搖晃著他喊：

「我不管啦！我不要跟他一組！為什麼我們這麼倒楣？你去跟老師講啦！

去啦去啦！」

圓圓胖胖的米其林激動得像一顆球，不斷彈跳，她剛剛「燙壞」了的頭髮，如同舊沙發裡蹦出來的彈簧，一捲一捲的，隨著她的跳躍而抖動，令小光覺得頭暈。

秦老師出了暑假作業，要同學們分組，蒐集唐代著名詩人的資料，寫成舞臺劇，開學後邀請家長一起來觀賞演出。老師給的題目是「自然詩派的王維」、「浪漫詩派的李白」、「社會詩派的杜甫」和「邊塞詩派的岑參與高適」，小光被指定為李白這一組的組長，同學們則依各人喜愛，加入不同的組別。

分組完畢之後，只有機車王一個人落單，沒人歡迎他加入。秦老師於是指定機車王加入李白組。

「對啊！我這麼浪漫，簡直就是李白的化身。」機車王自信滿滿。

小光卻在那一刻頭皮發麻，他還聽見了米其林的尖叫聲。

想到整個暑假都要跟機車王一起討論，小光便覺得前方一片黑暗，加上米其林的強烈抗議，他只好走到講臺前。

秦老師擦完黑板，神情愉悅的對小光微笑，「加油喔！小光！我對你有信心，你們一定可以把李白的故事，很精采的在舞臺上表演出來的。」

「老師……」小光有些為難，卻感受到米其林從背後傳來的壓力，只好硬著頭皮說：「我們，可不可以，不要跟機車王同一組啊？」

「這樣啊？」秦老師抬起頭，目光越過跑來跑去準備離開的同學們，看見了機車王，小光也轉頭看著。機車王正把書包頂在頭上，學鴨子走路，一面發出「嘎嘎嘎」的聲音，一面追逐著同學。

這個作業永遠遲交、上課時胡亂發言、被女生視為公敵的「機車王」，是個不受歡迎的人物，卻總是可以自得其樂。

小光看著笑得開心、完全沒感覺到自己被排擠的機車王，突然有點不忍心。他從秦老師的神情裡，也看見了同樣的感覺。而且，小光心裡明白，如果他不接受機車王，班上根本沒有哪一組願意接受機車王，秦老師可就麻煩了。

於是，小光輕輕嘆口氣：「要不然，我們試試看好了。」

「太好啦！」秦老師發自內心的笑起來，露出潔白好看的牙齒。

小光又聽見米其林的尖叫聲，但他實在無可奈何。

機車王頂著書包跑過來，秦老師對他說：

「你要認真的配合大家，尤其是多聽小光的意見。李白是個偉大的詩人，老師很期待你們的演出喔。」

「沒問題啦！老師。」機車王的書包從頭上落下，瞬間就背好了，像特技表演一樣。「我超愛李白的！我覺得自己就像李白，我有很多想法喔。只要有我在，安啦！」

「你哪裡像李白啦？」米其林終於忍無可忍，「有你在我們就完蛋啦！」

「怎麼會完蛋？我都已經想好了啊，你可以演楊貴妃啊。」機車王比出蘭花指，扭著他的腰，指向米其林，「肥豬楊貴妃！」

「機——車——王！」米其林氣得臉都紅了，撲向機車王，機車王迅捷的逃跑，他們一路追打到走廊上。

「小光，謝謝你的幫忙。」秦老師由衷的說。

小光心裡知道，麻煩才正要開始。

菜市場樓上的圖書館，是外婆以前常常流連忘返的地方，當小光還小的時候，外婆買菜之前，都要到圖書館坐坐，牽著他的手，登上樓梯，挑幾本繪本給他看。外婆在一旁讀著喜愛的小說，好專注的樣子。那時候，小光的繪本看完了，便在閱覽室裡逛來逛去，因為是上午，閱覽室裡多半是老人家，翻著報紙、雜誌或書籍。大家都很安靜，表情卻都很喜悅。原來，閱讀是令人快樂的事。

自從小光上小學，就很少到圖書館來了。

自從外婆患了失智症，搬去快樂社區之後，小光就再也沒有來過圖書館了。他坐在以前和外婆坐過的位置，發覺圖書館裡的老人家變少了。因為現在是黃昏，不是上午，老人們已經回家了，還是他們和外婆一樣，把很多事都忘了？把圖書館也忘了？

圖書館的茉莉阿姨把小光借的書搬來，放在桌上，數了數，總共有七本，都是李白的詩選和生平故事。

「小光這麼喜歡李白啊？」茉莉阿姨問。

「是學校的暑假作業啦。」小光說。

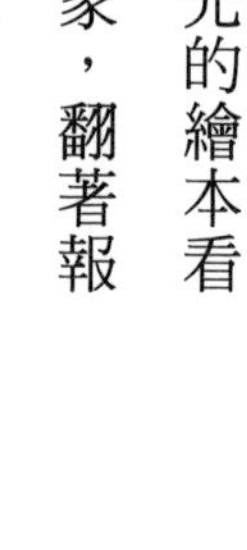

看著小光把書一本一本裝進環保袋裡，茉莉阿姨很有感觸的說：「小光真的長大啦，以前都要外婆講故事給你聽，現在可以自己讀這麼多書。外婆如果知道了，一定會很開心。」

「對啊。我會跟外婆說的。」小光背起環保袋，很開朗的對茉莉阿姨說。

他知道大人們提起外婆的狀況，都覺得很感傷，但，他告訴自己，外婆還是外婆，並沒有什麼改變，只是有些事情記不起來了。每個人都會忘掉事情的，只是外婆忘掉的比較多，如此而已。

下了樓梯，小光站在公布欄前，仰頭看著已經褪色的「尋狗啟事」。從小和他一起長大的嘟嘟，失蹤快要滿兩年了，依然沒有一點消息。但他還是相信，總有一天，嘟嘟會回家的，他不會忘記嘟嘟，嘟嘟也不會忘記他。

小光慢慢的走回家，太陽下山了，不那麼悶熱，還會有涼風從河堤邊吹過來。那幢木造老房子，是外公留下來的，現在由光爸經營的居酒屋，天黑以後，燈光點亮，看起來真像一個大燈籠。

外婆還和他們一起住的時候，會煮晚餐給大家吃。在居酒屋營業之前，光爸和來自日本的助手星野、外婆和小光，四個人圍在一起吃晚餐，雖然常加班的光媽無法趕上五點鐘的晚餐時間，仍然是小光最喜愛的回憶。

如今，小光的晚餐就在居酒屋裡吃，客人不多的時候，光爸有時為他做一個蝦蘆筍手捲，有時炒盤鮭魚炒飯，星野則涼拌龍鬚菜給他吃。或者等光媽加班回家，八、九點的時候，陪媽媽喝碗味噌湯。

「小光怎麼都沒長高啊？」光媽有時候會碎碎唸：「是不是晚餐都沒定時定量啊？」

光爸連忙解釋：「可是他吃得也不少啊。」

星野正好經過，摸著小光的頭說：「不用擔心，我小時候比小光還要矮呢。」大家都不說話了，因為星野現在也不高，比光媽還要矮。

將李白的書都放到房間後，小光走進居酒屋裡，星野幫他做了可愛的壽司，有熊貓臉和鹹蛋超人。

「星野叔叔！太酷了。」小光笑容滿面，捨不得吃。

「慶祝小光放暑假啦。有沒有高興？」星野對小光擠擠眼睛，「我小時候最

喜歡放暑假了。」

「唉，本來應該高興的，可是……」小光正想訴苦，突然聽見外面傳來的聲音。

「小光啊！小……光啊！小光在家嗎？」

他簡直不敢相信，才剛想到機車王，機車王就出現了。

小光穿著拖鞋跑出門，果然是機車王。

「不是說好下星期一開會嗎？你怎麼來啦？」

機車王東看西看，縮著脖子，「你家真的有點荒涼耶，會不會有鬼跑出來啊？」

「哼！膽子這麼小。」難得可以嘲笑機車王，小光不想放過。

「哪有？」機車王馬上站直了身子，「我是迫不及待啊，因為我真的很喜歡李白！」

「是嗎？他的詩你會背嗎？」

「當然會！」

「背來聽聽啊。」

「那個……什麼紅豆湯……此物最相思！」

「我還綠豆湯咧，」小光打斷機車王，「這是王維的詩。」

「是喔？什麼時候改的？」機車王抓抓頭，「啊！我知道了……春眠處處鳥……」

「春眠不覺曉！孟浩然的詩。」小光轉身回居酒屋，「你下星期一再來啦。」

「等一下！」機車王像抽筋一樣，歪斜著身體說：「對了，是……低頭吃便當啦。」

小光嘆了一口氣，「床前明月光，疑是地上霜。舉頭望明月，低頭思故鄉。」

小光幫他背完這首五言絕句，「這才是李白寫的〈靜夜思〉。」

「錯！」突然，在不遠處的樹叢後，有人喊了一聲。

「鬼啊！」機車王的喊聲更大，整個人跳起來抱住小光。

「李白寫的是『床前看月光，疑是地上霜。舉頭望山月，低頭思故鄉。』是後來的人修改了李白的句子，大家就以訛傳訛，錯到現在。」那個聲音中氣十足

的說。

小光掙脫了機車王，他隱約看見樹叢裡有個身影。

「舉頭望山月」？他想了想，覺得還是「舉頭望明月」比較好。

正想開口說話，又聽見那人說：「因為月兒很明亮，才能看見山的輪廓，也寫出了李白周圍的環境有山，當然比『舉頭望明月』要好哇！」

「你又不是李白，怎麼知道李白想怎麼寫？」小光還是有點不服氣。

「哈哈哈哈！」伴隨著清朗宏亮的笑聲，一個高大的身影從樹叢後面走出來。

被烏雲遮住的月亮，此時正好探出頭，像是打上了柔和的聚光燈，小光看見一個老人，白色的鬍髮，混搭的穿著，精光閃動的雙眼，一步步向他們走來。他的步履矯健，紅潤的臉上沒有一絲皺紋，近看就像一個年輕人。

「我不是李白，難道，你是李白嗎？」老人彎下身，笑咪咪的問小光。

小光有種奇異的感覺，彷彿嗅聞到濃郁的花香，彷彿被沁涼的空氣包圍，他一句話也說不出來。

【前臺定場詩】

〈靜夜思〉

李白版　床前看月光，疑是地上霜。舉頭望山月，低頭思故鄉。

後人臆改版　床前明月光，疑是地上霜。舉頭望明月，低頭思故鄉。

【明月來照亮】

李白版：看著床前皎潔的月光，就像地上鋪了一層白霜。抬頭便能看見群山的輪廓和明月，低下頭想念著我的故鄉。

後人臆改版：皎潔的月光照射到床前，好像在地上鋪了一層白霜。抬頭看見那一輪明月，低下頭想念著我的故鄉。

【無敵大補丸】

短短四句詩，在視覺摹寫裡巧妙的帶入譬喻，一個「疑」字，正是「好像」的譬喻法，也引出了季節；再以「抬頭」和「低頭」的動作，直接勾勒出遊子在異鄉無法成眠的心情。

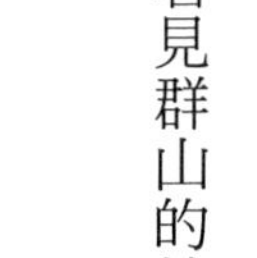

桃花潭水深千尺，不及汪倫送我情

這麼貴重的情誼，令人永生難忘。

公車在馬路上奔馳，小光偶爾偷瞄坐在身邊的老人，正在閉目養神的他，臉上有種閒適的安定，似乎不被顛簸的路況所干擾。

昨天晚上，老人忽然從樹叢後現身，差點讓最愛吹噓自己是宇宙最大膽的機車王嚇得屁滾尿流，不過，那段關於李白到底是怎麼寫詩的過程，卻令小光印象深刻。

因為有一瞬間，小光隱約想起自己很小的時候，似乎就聽過「舉頭望山月」這幾個字，這是外婆教會他背的第一首詩，而且，外婆不只一次告訴他，小光

這個名字就是從這首詩來的。

只是，當小光漸漸長大，他發現學校老師教的、在書本裡讀的、聽同學背誦的，全部都是「舉頭望明月」時就很困惑。他問外婆為什麼他背的詩和別人不太一樣，沒想到外婆聽了只是呵呵笑著。

「這樣啊，那就跟大家背一樣的嘍。」外婆說。

原以為是外婆記錯了，然而多年以後，就在電光石火之間，小光竟和生命中最初的句子重逢，突如其來的熟悉感，讓小光對這個謎樣的老人多了一分好奇。

「好久沒來這裡了，真是懷念啊！」老人說完話後，抬頭嗅了嗅夜裡沁涼的空氣，然後心滿意足的推開居酒屋的大門。

「歡迎光臨！」星野元氣十足的大聲招呼。

老人先是環視著居酒屋裡的一切，像是在確定什麼似的，再走到吧臺前，嫻熟的拉開板凳坐下，彷彿那是他的老位子。他看看吧臺後方的光爸和星野，開口問道：「阿倫不在嗎？」

這個名字讓原本悠哉的空氣忽然凝重起來，光爸只得微笑說：「我岳父已經過世好幾年了。」

老人微微震動了一下，凝視著光爸好一會兒，又問：「小靜呢？」

好不容易才打發機車王回家的小光，一踏進居酒屋，就聽見外婆的名字被老人提起，於是回答：「外婆現在不住在這裡，她搬去快樂社區住了。」

「外婆？」老人循著聲音向後看，臉上的表情有些詫異，「原來，你就是小光。」

「李大哥？」原本倚靠在吧臺另一邊，已帶點醉意的油條伯忽然大叫一聲。

老人轉過頭去，霎時，緊繃的神情輕輕舒緩了，像是看見久違的朋友一般，「嘿！賣油條的，好久不見。」

若不是被油條伯認出來，小光還以為老人只是普通的客人，沒想到竟然和外公外婆有些淵源。但小光不明白，既然是老朋友，怎麼會連外公已經離開人世好幾年的消息都不知道。

他們，應該不是很好的朋友吧。可是，老人怎麼會知道自己的名字？小光

完全不記得小時候曾經見過這個人。

老人的出現讓油條伯很開心，直接把自己的酒菜端到老人的隔壁坐下，他們一杯接著一杯的大口喝酒，似乎要把這些年來沒見面的日子，一口氣的接回到當年的時光。

最後，油條伯醉得幾乎坐不起身，搖搖晃晃的，可是老人卻彷彿沒事一般，精神看起來更爽利了。

「真想念阿倫的酒。」老人把酒杯端到鼻尖嗅聞。

「雖然岳父不在了，可是店裡的酒還是跟從前的酒商進貨，並沒有改變。」光爸解釋。

「我知道。」老人點點頭：「但再多的好酒，也不及汪倫送我情。」

這時，在吧臺旁邊靜靜擦拭著酒杯的星野，忽然停下手上的動作，他興奮的看著老人，「我知道這首詩，前兩天我的中文老師才教過，當時我就發現詩裡面有老爹的名字，而且這兩個人都很會釀酒，是一首讓我很有感覺的詩呢。」

「老爹」是星野對小光外公的稱呼。

「你是？」老人頗有興味的看著星野。

「我叫星野，當初會從日本來這間居酒屋工作，就是為了老爹收藏的古董，和他釀的酒。」星野回答。

「阿倫的酒是無可取代的了。」老人說完，仰頭把杯裡的酒一飲而盡。

「李白乘舟將欲行，忽聞岸上踏歌聲。桃花潭水深千尺，不及汪倫送我情。」星野大聲的背誦出來。

「李白？」小光嚇了一跳，怎麼又是李白。

星野解釋：「對呀，這首詩是李白寫的，題目就叫〈贈汪倫〉，因為汪倫會釀好喝的酒給李白喝。」

看到小光瞪大眼睛的模樣，星野覺得自己太厲害了，便接著說：「我們老師說，李白前往桃花潭遊覽時，當地的村民汪倫就常常釀酒款待他，等到李白要乘船離開桃花潭，忽然聽到岸上有人踩踏著節拍，邊走邊唱的聲音。原來是好朋友汪倫來送行，這份情意讓李白覺得好感動，縱使桃花潭的潭水有千尺深，也比不上好朋友的深情啊。」

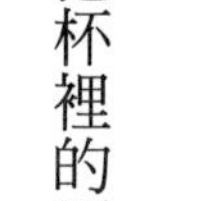

小光愣愣的聽著，從先前的〈靜夜思〉到此刻的〈贈汪倫〉，這到底是什麼樣的夜晚啊，怎麼都跟李白有關？

過了半晌，老人忽然開口說話：「沒想到我離開太久，連阿倫的最後一面都沒見到，我想明天去看看小靜，不知道方不方便？」

「明天嗎？」光爸有些遲疑，「可是我和星野要趕到碼頭去處理漁貨的事，恐怕走不開，後天呢？」

「什麼後天……」原本已經醉得趴在吧臺上的油條伯忽然抬起頭，醉眼矇矓的吆喝著：「李……大哥好不……容易……才來……我可以……」話還沒說完，油條伯又不支的趴下了，還大聲打呼。

「爸爸，我知道怎麼坐車去找外婆，明天我可以和油條伯陪李爺爺去看外婆。」小光突然說。

「這樣啊。」光爸想了一下說：「不然我請媽媽明天陪你們一起去好了。」

只是隔天，光媽根本沒辦法帶他們去找外婆，因為公司的案子正急著結案，

除了加班，她哪裡也去不了。而油條伯，大概是前一天夜裡見到老朋友喝得太開心了，直到出發前，還抱著枕頭醉得呼呼大睡。

「看來，就只有我們爺倆嘍。」李爺爺微笑的看著小光。

小光握著光媽寫給他的乘車紙條，像個導遊似的，依照紙條上的指示，領著李爺爺換過兩班公車，一老一小的感覺很奇特，就像小時候和外公、外婆出去玩的樣子，只不過這次的目的地是去探望已經記不得自己的外婆。

正當小光想得入神時，忽然，司機緊急煞車，在眾人的尖叫聲中，小光整個人向前撲去，就要撞上前方椅背的瞬間，一隻大手緊緊抓住他的臂膀，才化險為夷。

等到驚險的場面解除之後，公車又開始加速前進，驚魂未定的小光抬頭看著身邊的李爺爺，不明白剛剛在闔眼休息的他，怎麼能如此迅捷的保護了自己。

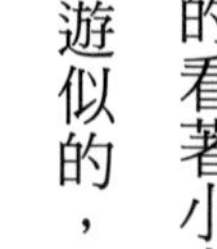

【前臺定場詩】

〈贈汪倫〉白遊涇縣桃花潭，村人汪倫常醞美酒以待白。倫之裔孫至今寶其詩。

李白乘舟將欲行，忽聞岸上踏歌聲。
桃花潭水深千尺，不及汪倫送我情。

【明月來照亮】

李白要乘船離開桃花潭，忽然聽到岸上有人踩踏著節拍，邊走邊唱的聲音。原來是好朋友汪倫來送行，這份情意讓李白覺得好感動。縱使桃花潭的潭水有千尺深，也比不上好朋友的深情啊。

【無敵大補丸】

前面兩句的敘事，表現了離別的場面；後面兩句則在寫景中，以轉化的修辭方法，化虛為實，將情感比擬成潭水的深度，而有了生動鮮明的形象。

桃花流水窅然去，別有天地非人間

原來李白也有
一個桃花源。

快樂社區到底快不快樂呢？也許這個答案只有住在這裡的人和外婆才知道吧。雖然罹患失智症的外婆已經完全認不出小光，但小光和光爸、光媽還是常常來探望外婆，只不過每次見到外婆時，就要再重新介紹一次他們是她的女兒、女婿和外孫，是她在這世間最親密的家人。

「這樣啊。」外婆總是一臉茫然的搔搔頭，然後禮貌的微笑，即使，她根本就記不得誰是誰了。

沒關係的，小光總是笑嘻嘻的看著外婆，只要他一直記得外婆就夠了。

這一次，沒有光爸光媽的陪同，小光反而像個小主人似的，帶領著昨天夜裡才認識的李爺爺走到外婆的房門外。在敲門之前，他小聲的說：「外婆的記憶生病了，已經不認得我，說不定她也記不得您了。」

李爺爺微笑著，「我記得她就夠了，就像你不會忘記她是你的外婆一樣。」

小光眨眨眼睛，怎麼李爺爺的回答和自己想的一模一樣？

叩！叩！小光舉起手敲敲房門，沒有回應。叩！叩！小光又敲了一次，還是沒人。

「外婆不在，可能是去散步了，李爺爺，不如我們到附近找找。」小光建議。

「好啊。」李爺爺撫著鬍鬚點點頭。

快樂社區位在山的邊緣，有著一汪遼闊的湖泊；有著蜿蜒的溪水；有著成群的老樹；有著寬廣的草坪，還有著一大片茂盛的美麗花園。

沿著小路前行，小光邊走邊介紹周圍的景物：「我記得小時候外婆跟我說過，她和外公找了很久才找到這個地方，說等到他們退休以後，就要搬來這裡住。」

李爺爺點點頭，「這裡的確很像你外公、外婆提過的夢想。」

小光有些驚訝，沒想到李爺爺也知道這件事。「只可惜，外公還來不及搬進來，就移民去天堂了。起先，我們以為外公不在了，外婆會繼續跟我們一起住，可是外婆說什麼也不願意。爸爸、媽媽勸了好久都沒辦法，我也很希望外婆不要搬出去……在送外婆來快樂社區的前一天，我還抱著嘟嘟躲在棉被裡偷哭呢。」小光說到最後有些不好意思。

「我想你外婆應該也很捨不得大家吧，只是，她又很想完成阿倫的心願。」李爺爺輕描淡寫的說。

最後，他們倆停在潺潺的溪水旁邊，靜靜的，兩個人都不再說話了。

這時一陣風起，吹得頭頂上的枝葉搖晃起來，一朵朵白色小花從天空緩緩降落，落在清澈的河面上，被流水輕輕載往遠方。

「問余何意棲碧山？笑而不答心自閑。桃花流水窅然去，別有天地非人間。」李爺爺輕輕的吟起了詩句。

「李爺爺，您在背詩嗎？這首詩是什麼意思呢？」小光轉頭問。

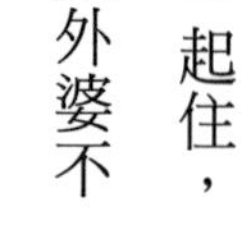

李爺爺凝視著清澈的河水，「這首詩叫〈山中答問〉，是李白年輕時隱居在山中寫的，因為當時有人問他為什麼要住在偏僻的碧山。李白只笑了笑，什麼話也沒說，因為閒適恬靜的感覺已經充滿他的心中。桃花花瓣一片片落入溪水，隨著流水飄然遠去，如此美好的情境，絕不是紛擾的人世間所能比擬的啊！」

李爺爺解釋著詩裡的涵義，可是小光卻想不透怎麼到哪裡都會聽到李白的名字？難道李爺爺的偶像是李白？

「我記得你外公說過，要是有機會能在桃源釀酒就更心滿意足了。」李爺爺接著說。

「桃園？外公為什麼要去桃園釀酒？外公的居酒屋在臺北啊。」小光不太明白。

李爺爺哈哈笑起來，「非也！非也！這個桃源不是那個地名桃園。你外公說的桃源是指晉朝文人陶淵明寫的一篇叫〈桃花源記〉的文章，內容是描述一個漁夫，某一天沿著溪水划船捕魚時，無意間闖進一個山洞，他在那裡面遇見一群在秦朝時為了躲避戰亂而搬來居住的人，那些人看起來很快樂，也不知道外面

已經改朝換代的事。等到漁夫想再次去拜訪那個神奇的地方時，卻找不到入口了，後來的人就稱這個地方為『桃源』或是『桃花源』。」

「我知道，外婆說過這個故事，叫『世外桃源』，用來形容心中的理想世界。」小光高興的說。

「沒錯，小光滿厲害的嘛。」李爺爺點頭讚許。

「可是……外公為什麼想在桃源釀酒呢？」小光還是不懂。

「因為汪倫住的桃花潭就像世外桃源一樣美好啊。」李爺爺眨眨眼睛說。

汪倫，那個在李白的詩裡，和外公有著一樣名字的人。

「嘿！我們找到你的外婆了。」李爺爺突然說。

順著李爺爺的手勢，小光看見坐在涼亭裡，正在讀報紙的外婆。

「外婆！」小光開心的跑過去。

外婆還是一樣，頭連抬都沒抬，直到小光把手伸到外婆的眼前揮呀揮。

「你是？」外婆抬起頭，拿下老花眼鏡，看著眼前的小男孩，眼神還是一樣陌生。

「外婆，我是小光，您的孫子啊。」小光解釋。

「小光？孫子？」外婆撓撓臉頰。

「小靜。」李爺爺輕聲喚道。

沒想到，連最親密的孫子都不記得的外婆，聽見這個聲音時，竟然有了反應。她轉過頭，盯著眼前的人，眼睛瞇了瞇，似乎在確認什麼。

就在瞬間，外婆原本毫無表情的臉，起了些微的變化，她的眼裡似乎閃過了一道光，彷彿有什麼東西被喚醒了。

外婆揉揉眼睛，想看得更清楚似的，「您是……李大哥？」

小光不敢相信眼前的一切，已經完全認不得其他人的外婆，怎麼會認識眼前這個人呢？這個人連外公去世的消息都不知道。

「是的，我回來看你們了。」李爺爺欣慰的點點頭。

這短短的幾個字，竟然讓外婆的眼睛湧上一層薄薄的光，像是眼淚。

這究竟是怎麼一回事？為什麼外婆看到李爺爺會哭？

「李大哥，真的是您，我還以為您再也不會來探望我們了。」外婆連忙起身，

聲音是哽咽的。

「我知道，我知道，只是沒想到……我這次耽擱太久，回來得太晚了。是你的孫子帶我來看你的。」李爺爺也很激動。

外婆高興得都哭了，她看著李爺爺身邊的小光說：「謝謝喔。」

不知怎麼的，小光忽然在外婆的眼睛裡看見熟悉的感覺。他呆住了，那正是以前外婆看他的眼神。

「外婆！」小光立刻撲進外婆的懷裡，緊緊抱住這個已經忘記他好久好久的人。

「小光怎麼啦？看到外婆這麼開心啊？」外婆輕輕拍著小光的背。

小光驚訝的抬起頭看著外婆，難道外婆的記憶恢復了？

他用力捏了捏自己的大腿，這是在作夢嗎？

【前臺定場詩】

〈山中答問〉

問余何事棲碧山？笑而不答心自閑。
桃花流水窅然去，別有天地非人間。

【明月來照亮】

有人問我為什麼要住在偏僻的碧山？我只笑了笑，什麼話也沒說，因為閒適恬靜的感覺已經充滿心中。桃花花瓣一片片落入溪水，隨著流水飄然遠去，如此美好的情境，絕不是紛擾的人世間所能比擬的啊！

【無敵大補丸】

首句用設問方式，引起讀者的注意；詩人並沒有回答，因而有了懸念。第三句描寫著一個絕美的景色，也造成了末句的對比效果，這個別有天地到底和紛擾的人間有多大的區別呢？詩人留下了無窮的想像空間。

舉杯邀明月，對影成三人

三個人一起同歡，
就不孤單。

外婆的記憶竟然失而復得，這可是天大的好消息，小光恨不得裝上翅膀，立刻用光速飛回家告訴爸爸媽媽。

「對了，小光，」外婆瞇起眼睛看著他，似乎想起了什麼，「記得上次媽媽說你從全班第二十三名進步到第十九名，外婆覺得很厲害喔，媽媽還提到爸爸要送你一個進步獎，幫嘟嘟蓋一間新狗屋是嗎？」

外婆的話讓原本很興奮的小光瞬間安靜下來了，那已經是四年級上學期的事，沒想到外婆還記得。只是，新房子還來不及蓋好，嘟嘟就失蹤了，無論他

再怎麼找，就是找不到。

「嘟嘟不見了。」小光悶悶的說。

外婆嚇了一跳，「真的嗎？我怎麼不知道這件事？」

「我有跟外婆說過，那時候您還送我一支湯匙，說可以幫我找到嘟嘟。」小光說。

「湯匙？」外婆還沒意會過來。

那一段拚命尋找嘟嘟的回憶倏地湧上心頭，讓小光的鼻子酸酸的，他記得自己利用外婆的湯匙穿梭在異空間中，一次次尋回了嘟嘟，又一次次失去了嘟嘟，在得與失之間拔河的感覺，真是錐心之痛。

「那把時光鑰匙可是你外婆的寶物呢。」李爺爺忽然說。

小光瞪大了眼睛，李爺爺怎麼會知道他和外婆的祕密，而且還知道那支湯匙是時光鑰匙？

「我還以為你外婆會用那把鑰匙去探望阿倫，沒想到反而讓你拿去找嘟嘟了。」李爺爺說著，臉上看不出表情。

原來，外婆把最珍貴的機會留給了自己，小光覺得很對不起外婆。

「沒關係的，反正我早晚都會見到阿倫，可是嘟嘟對小光而言，真的很重要。」外婆說得雲淡風輕。

小光看著外婆，不知道還能說什麼，「雖然沒能把嘟嘟找回來，可是那支湯匙還是幫我找到了嘟嘟送的『禮物』，我學到責任，學到付出……」

「小光真的長大嘍。」外婆疼惜的摸摸小光的頭。

「嘟嘟不見那麼久了，你還是很想念牠嗎？」李爺爺突然問。

「我每天都在想。」

「每天？」李爺爺彎下身看著小光的眼睛，「如果要你等個十年、二十年才能見到嘟嘟，你會不會繼續等下去？」

小光用力點頭，「不管要等多久，我都會等。」

李爺爺聽了哈哈大笑起來，「沒想到你這麼有毅力，就跟當年那個老太婆一樣。」

「老太婆？」小光不明白。

外婆輕輕笑出聲：「這可是很有名的故事喔。」

「我想想該怎麼說啊，」李爺爺撓撓頭，「當年呢，有個小孩還算聰明，學東西的速度滿快的，只不過沒什麼耐心，遇到困難就放棄了。有一天，他趁父親出門，跟在後面偷溜出去玩，東逛西晃的，忽然有個聲音引起他的注意，原來是有個老婆婆拿著一根鐵杵，正專心的在一塊大石頭上磨啊磨的。小孩覺得很好奇，就跑去問老婆婆在做什麼？老婆婆一邊磨著鐵杵，一邊回答說是在磨繡花針。小孩聽了覺得不可思議，那麼粗的鐵杵要磨成細細的繡花針，不磨個一、二十年才怪。沒想到老婆婆說……」

「只要功夫深，鐵杵磨成針。」小光接著說：「後來那個小孩學到了一件事，就是做事一定要有恆心，才有成功的可能。外婆以前說過這個故事，她說李白小時候……」

一提到這個名字，小光就不再說下去了，李白？怎麼又是李白，這幾天跟他還真有緣。

「既然你對這個故事挺熟悉的，」這時，李爺爺臉上浮現一抹神祕的微笑，

「那麼，你要記得這個故事的啟示啊。」

李爺爺的話似乎又喚起外婆的記憶，她轉頭問小光：「花園裡的朱槿花長得還好嗎？」

啊！小光在心裡哀號，天曉得他已經有好一陣子沒關心過花園了。自從嘟嘟不再去那裡尿尿後，常常，他只是經過，只是看著光爸或是星野叔叔在那裡澆花。這一段時間，他幾乎忘記外婆囑咐的事。

但為了不讓外婆擔心，小光只得心虛的點點頭，在模糊的印象中，他好像有見到朱槿開的紅色花朵。

「回家後，帶李爺爺去找那棵朱槿花，你外公說過等李爺爺回來，要送他一份禮物。」外婆交代著。

「朱槿花？」小光不懂，「是要送花給李爺爺嗎？」

外婆沒有回答，她抬頭看著李爺爺說：「李大哥，那是阿倫的心意，您一定會喜歡的。」

李爺爺點點頭，「你和阿倫的情，我永遠銘記在心。」

沿著來時路回家後，小光原以為會看到居酒屋的燈亮起來，可是屋子裡面還是暗的。

「沒人在家啊。」李爺爺站在門口探頭看。

「要是爸爸媽媽知道外婆的記憶恢復了，一定會很開心的。」不能及時報告這個好消息，小光有些失望。

「不如先帶我去看看朱槿花吧。」李爺爺說。

小光於是領著李爺爺走到花園，他指著那株朱槿花，「在這裡。」

李爺爺先是左瞧右瞧的看著朱槿花，但沒看出個所以然來，於是再走近一些，他凝視著眼前的繁枝盛葉，若有所思。

忽然，李爺爺臉上緊繃的線條輕輕舒緩了，他蹲下身子，從旁邊撿來一根枯樹枝，開始挖掘朱槿樹下的泥土。

不會吧，李爺爺是要將整棵朱槿花都帶走嗎？小光看得莫名其妙。

沒多久，土裡露出一小片髒髒的、褪色的，像是深紅色的布時，李爺爺放下樹枝，改用手撥弄著泥土，漸漸的，一只圓圓胖胖的褐色酒甕出現了。

李爺爺小心翼翼的把沾附在酒甕上的泥土拍去，然後捧著酒甕站起身，神情似乎有些激動。

小光好奇的伸頭探看，突然，他在覆著瓶口的那塊紅布上，看到兩個似乎已經褪色的毛筆字，像是……

「謫仙。」小光唸出聲。

「你認識這兩個字？」李爺爺轉頭問。

「秦老師教過，她說唐代書法名家賀知章曾稱讚李白是『天上謫仙人』，因為李白的才華很高，就像是從天上被謫居人世的仙人。」

李爺爺聽了，微笑不語。

「對了，李爺爺，您怎麼知道這裡埋著酒甕呢？」小光覺得很神奇，因為以前嘟嘟也常在花園裡翻翻找找，從沒發現過這個祕密。

「花間一壺酒，獨酌無相親。舉杯邀明月，對影成三人。」李爺爺的話像是回答，又像是自言自語。

「那是一首詩嗎？」小光猜測著：「不會又是李白的詩吧？」

「你這小娃還挺聰明的。」李爺爺輕撫著酒甕，「這詩呢，是寫在某個夜晚，當時花叢中放置了一壺美酒，卻沒有親朋好友相伴，只有李白一個人，於是他舉杯邀請天上的明月一起喝酒，再加上自己的影子，這樣就有三個人一同分享了。」

小光想像著畫面，然後說：「但其實還是只有一個人，有點孤單。」

「不孤單，你外公釀的酒就是第四個知己。」李爺爺的眼角似乎閃著朦朧的光。

為什麼外公的酒是第四個知己？小光覺得納悶，想再問個仔細的時候，才發現花園裡只剩下自己。李爺爺呢？小光趕緊追了出去。

遠遠的，只見李爺爺走進前天夜裡現身的樹叢，小光覺得這個人真奇怪，明明有馬路可以走，為什麼要鑽小路，又不是嘟嘟，但他也只能快步的跟上去。

只是，當小光努力撥開層層密密的枝枒後，矗立在眼前的，竟然是一堵高高的圍牆。

【前臺定場詩】

〈月下獨酌四首〉其一

花間一壺酒，獨酌無相親。
舉杯邀明月，對影成三人。
月既不解飲，影徒隨我身。
暫伴月將影，行樂須及春。
我歌月徘徊，我舞影凌亂。
醒時同交歡，醉後各分散。
永結無情遊，相期邈雲漢。

【明月來照亮】

花叢中放置了一壺美酒，卻沒有親朋好友相伴，只有我一個人，於是舉杯邀請天上的明月一起喝酒，再加上自己的影子，這樣就有三個人可以分享了。其實，月亮和

影子並不懂喝酒的樂趣，但在這樣春暖花開的美好時刻，就暫且把它們當成同伴吧。當我唱歌，月亮就在夜空中流連忘返；當我跳舞，影子就會搖晃得凌凌亂亂。清醒時，都能同歡享樂，可是酒醉後，也只能各自離散。但願彼此能永遠忘情的遨遊，期望將來的某一天，能在遙遠的銀河裡重逢。

【無敵大補丸】

雖然只有自己一個人，李白卻運用擬人法，將月亮、影子都變成朋友，讓這個寂寞的夜晚，有了超脫俗世紛擾的新境界。

「我歌月徘徊，我舞影凌亂。醒時同交歡，醉後各分散。」是精采的對比及排偶技巧，將詩人自得其樂卻又淒涼孤單的心情，展現無遺。

小時不識月，呼作白玉盤

要是弦月的話，
白玉盤不就破了一邊？

小光伸手摸了摸圍牆，厚厚實實的，確實是一堵牆。而且，樹叢和圍牆之間是那樣狹窄，幾乎不太可能藏身。

難道是自己眼花了？小光好不容易才從樹叢裡掙脫出來，他上上下下的看著，不明白李爺爺怎麼一下子就不見蹤影，他是親眼看見他走進去啊。

「你在看什麼？」光爸突然走到小光身邊。

「那裡面有東西嗎？」星野也好奇的伸長脖子瞧著。

「沒什麼。」小光趕緊搖頭。

「今天陪李爺爺去看外婆還順利嗎？」光爸又問。

一提到外婆，小光才想起這個天大的好消息，他興奮的對光爸說：「外婆認出我是小光喔，還問嘟嘟的新狗屋做好了沒？」

光爸的眼睛都亮了，他急急的拿起手機撥號，「真的嗎？那太好了，我得趕快跟你媽說，她一定會很開心。」

不一會兒，電話那頭傳來光媽的尖叫聲，沒想到平日以冷靜性格聞名的光媽，竟然會樂得大叫，而且音量裡的快樂指數還高到爆表。

「明天，我們全家去看外婆。」光爸闔上手機後說。

「我可以一起去嗎？我想做一些老媽愛吃的點心，說不定她吃了之後，還會想起那個最會做好吃點心的帥哥。」星野也很高興。

小光用力點點頭，真的是皇天不負苦心人，全家人等了那麼久，終於等到外婆恢復記憶了。

這一天，光媽一直到深夜才回到家，小光聽到車子熄火的聲音，便三步併

兩步的從房間裡衝出來，想跟光媽報告外婆的事。

可是，光媽的眼睛卻腫腫的，像是哭過一樣。

「怎麼啦？公司的事不順利嗎？」光爸很擔心。

「接到你的電話後，我不想等到明天再去看媽，於是立刻開車去找她……」光媽說著說著，眼淚又來了，「可是她完全認不得我，根本就記不得今天小光去找她的事。」

「怎麼會呢？」小光急急的解釋：「外婆明明就認得我，還提到我考十九名，爸爸要幫我釘一間新狗屋給嘟嘟。」

「不管我怎麼說，媽媽就跟往常一樣，還問我是不是認錯人，我沒辦法只好去找醫生，醫生也說媽媽的病情沒什麼改變，有時候走出房門，就找不到自己的房間在哪裡。」光媽吸著鼻子說。

「外婆也認出李爺爺，還跟李爺爺提到花園裡的朱槿花下，有外公送給他的禮物。」小光不肯放棄。

「外公送的禮物？」光爸一臉不可置信。

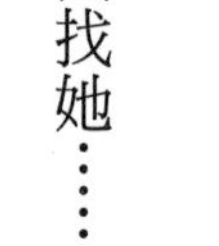

「李爺爺真的從樹下挖出一個酒甕，不信我帶你們去看。」小光說完急忙跑去花園。

花園裡的一切就像往常一樣，但小光知道朱槿花下的祕密可以證明他的話。

「李爺爺就是從這裡挖出酒甕的，你們看，還有挖過的痕跡。」

從光爸的手電筒光亮投射到的地方，可以看出朱槿花底部的土壤確實被鬆動過。

光媽凝視著朱槿花好一會兒說：「我還以為自己對這個家很熟悉，卻不知道樹底下竟然還藏有酒甕……」

小光聽出光媽聲音裡的惆悵，他安慰著：「也許，那是外公、外婆和李爺爺的祕密吧。要不是外婆想起這件事，可能酒甕埋了一百年，還是沒人知道。」

就像他和外婆之間也有個不能說的祕密一樣，但小光什麼也沒說。

或許是為了緩和氣氛，光爸高聲的說：「不過，小光今天真的很幸運，竟然能碰上外婆的記憶恢復。我們全家去看外婆那麼多次，也沒遇過外婆想起我們哪一個人。沒想到外婆還記得兩年前小光考到十九名的事，甚至連外公在世時

的事都記得。」

「也許是李爺爺的出現，刺激了外婆的記憶吧。」小光猜測。

光媽苦笑著，「不過說也奇怪，同樣是老朋友，媽媽怎麼就不記得油條伯？」

「可能是油條伯不夠老吧。哈哈！」光爸故意說。接著，他抬頭看了一下夜空，「今晚月色真美，不如來吟首詩吧，『床前明月光』……嗯，這個太普通了。啊，我知道了，『你問我愛你有多深，我愛你有幾分……』」

「那是鄧麗君唱的〈月亮代表我的心〉。」光媽笑出聲。

看到光媽破涕為笑，小光也鬆了一口氣。

「不好意思喔！歌神的職業病又犯了。」光爸抓抓頭，「那再來一首……小時不識月，呼作白玉盤。又疑瑤臺鏡，飛在青雲端。」光爸刻意放慢速度，很有氣質的唸出一首關於月亮的詩。

「哇！這麼有文采。」光媽故意糗他。

「好說！好說！」光爸一臉得意，「這首詩是我小時候背的，沒想到現在還記得這麼清楚，我真是太厲害了。」

「請問歌神，這首詩的名字是？」光媽故意問。

「是……」光爸一下子想不起來，只好傻笑：「好像叫月亮詩。」

「它叫〈古朗月行〉，是李白寫的。你小時候念書都念一半喔。」光媽沒好氣的說。

竟然又是李白的詩，小光心想，李白真的那麼神嗎？為什麼大家都能信手拈來背個幾句呢？連日本來的星野叔叔都會。

「小光知道這首詩的意思嗎？」光媽轉頭問小光。

小光側著頭想了一下說：「大概可以懂前兩句。」

「這首詩的意思是說，詩人小時候不認識月亮，把明月叫做白玉盤。但又懷疑它其實是瑤臺的仙鏡，在夜空的雲彩之間飛著。」光媽解釋。

光爸拍拍手，「沒想到我老婆不僅寫電腦程式厲害，還懂李白的詩呢。」

「我記得媽媽曾經提過李白寫月亮詩寫得特別好，幾個字就能把月亮的神韻完全描摹出來，更重要的是，李白不會故意使用生難字去展現他的學問，其實，愈簡單的東西，愈難表達。」光媽說。

「沒錯，若不是李白的詩可以讓大家琅琅上口，可能早在唐代就消失了，怎還會流傳至今。能被大多數人記住的東西，才有永恆的價值。」光爸跟著附和。

看著光爸光媽一搭一唱的和樂模樣，小光忽然發現，外婆的記憶其實一直都在，只是用不同的形式延續下去。

就像光媽記得的李白，就像自己記得的那些外婆說過的成語故事，從未消失。

【前臺定場詩】

〈古朗月行〉

小時不識月，呼作白玉盤。又疑瑤臺鏡，飛在青雲端。
仙人垂兩足，桂樹何團團。白兔搗藥成，問言與誰餐？
蟾蜍蝕圓影，大明夜已殘。羿昔落九烏，天人清且安。
陰精此淪惑，去去不足觀。憂來其如何？悽愴摧心肝。

【明月來照亮】

小時候不認識月亮，把明月叫做白玉盤。但又懷疑它其實是瑤臺的仙鏡，飛懸在夜空的雲彩之間。傳說月亮上有仙人，月亮剛升起的時候，能看見仙人的兩隻腳，為什麼我只看見團團的桂樹。傳說月亮上有玉兔搗藥，不知搗藥給誰吃？卻有那可恨的蟾蜍，把圓滿的月亮啃食得殘缺黯淡。想當年后羿射下九個太陽，為天上人間解除災難。如今誰來拯救月亮，讓它恢復光亮。月亮既然已經淪沒而迷濛不清，還有什麼可看的，不如趁早走開吧。只是現在這份憂愁是因何而來呢？讓我如此傷心不已。

【無敵大補丸】

詩人以「白玉盤」和「瑤臺鏡」為譬喻，不僅描繪出月亮的形狀，更寫出月光的皎潔可愛。而用玉兔、蟾蜍、后羿的神話為典故，除了增添今非昔比的想像空間，亦在現實與虛幻之間，寄託李白對於朝政紊亂的感嘆之情。

天地一逆旅，同悲萬古塵

原來大家住的
都是同一家飯店。

「機車王，我警告你，要是你敢偷懶，就準備自己一個人一組吧，別拖累大家。」米其林一見到機車王，就先來個下馬威。

「拜託！都還沒開始，就這麼凶，以後看哪個人敢嫁……不對，敢娶你喔。」機車王撇撇嘴。

這一天，是李白小組的第一次開會，因為居酒屋白天沒有營業，剛好可以當成開會場地。只是大夥才剛圍著圓桌就定位，米其林和機車王就開始鬥嘴。

「好了，好了。」為了不讓場面失控，小光只好跳出來維持秩序，「先把自

己找到的李白資料拿出來吧。」

大家紛紛從背包裡把關於李白的書籍，或是從網路上查到的資料都擺在桌上，然而，機車王拿出來的卻是一盒糕餅。

「李白綠豆椪？」在場的人都睜大了眼睛。

「神奇吧，這是我和我媽去超市時看到的，一定不會有人發現這個。」機車王滿臉得意。

「帶綠豆椪來幹麼？你的書呢？」米其林問。

「書？」機車王搖搖頭，「不知道為什麼我每次要去圖書館借書時，他們就休館，真是太不巧了。」機車王說得自然。

「我就知道你一定會這樣。小光，你是組長，對這種不負責任的組員該怎麼辦？」米其林拔高嗓門，大聲嚷嚷。

「我想……目前我們找到的這些書應該就夠了吧。」小光說得結巴，他不知道是機車王比較麻煩？還是米其林的尖叫比較麻煩？

見到小光有些為難，同是男生的組員大亨趕緊聲援：「沒想到還有李白綠豆椪這種東西，真的很特別呢。呵呵。」其實他也不知道該說什麼才好。

「對啊，這種事一般人是不會發現的，要像我這種觀察入微，頭腦又靈活的人，才能發現新玩意。」機車王振振有辭。

小光聽得冷汗直流，深怕下一秒機車王就會被轟出去。

「好啊，請你告訴我，李白綠豆椪對我們有什麼幫助？」米其林雙手抱在胸前，一副等著看好戲的樣子。

「這你就不知道了，我吃過那麼多點心，從來沒見過跟李白有關的，如今發現了它，就表示這是一個好兆頭，絕對會讓我們這一組的舞臺劇轟動武林，驚動萬教。」機車王說到最後，還學起布袋戲裡藏鏡人的聲音。

米其林像是喘不過氣的樣子，用力深吸了好幾口氣，小光很擔心火山快要爆發，沒想到米其林只是惡狠狠的瞪著機車王，「我覺得你一定是別組派來臥底的，要讓我們的李白寫不出來。」

「誰說寫不出來？我還要演李白耶。」機車王不甘示弱。

在刀光劍影中，大亨忽然出聲：「不知道李白綠豆椪吃起來的滋味如何？」

「我不想吃，搞不好有毒。」米其林連忙拒絕。

「不想吃就算了，我還特意留給你們呢。」機車王一邊說，一邊把盒蓋掀開。沒想到盒蓋底下，只剩下印著「白」字的半個綠豆椪，而且邊緣破碎，幾乎可以確定是用手從中間剝開來的。

小光和大亨互瞄了一眼，「嗯，時間不多了。我們開始討論李白吧。」小光趕緊進入主題。

「你們都不吃喔，那我就吃掉嘍。」機車王伸手把最後的綠豆椪拿起來享用。

「我們先說說看李白是個什麼樣的人？」小光拿起紙筆準備記錄。

「我發現李白是俠客耶！真是酷斃了！他十五歲就開始練劍，後來行走江湖，為了行俠仗義還親手殺過人；他也很重義氣，為了救濟朋友，把身上的錢都花光了也不後悔。真是超慷慨的！不像某些人，只把吃剩的給人家。」米其林第一個發表意見，說著說著矛頭又指向機車王。

「聽起來李白很像葉問。」機車王抹抹嘴搶著說，似乎沒聽懂米其林的話。

大家都沒理他，繼續討論。

「我覺得李白是個修道人，他喜歡去名勝古蹟找朋友，那些朋友裡面很多都是道士呢，而且他寫的很多詩都跟修道有關。」大亨推推厚重的眼鏡，很認真的找出那些詩給大家看。

「那李白會唸咒語嗎？我看電影裡很多道士唸完急急如律令，天兵天將就任他差遣，很厲害哪！」機車王邊說邊將十指合攏，開始比劃起來。

「無聊。」米其林翻翻白眼，「你有時間看電影，就沒時間看李白的書。」

「圖書館休息我也沒辦法好嗎？」機車王不以為然的回嘴：「雖然我沒借到書，但還知道李白是個酒鬼，他超愛喝酒的，我想他的肝一定不好，像我爸很喜歡喝酒，我媽就說如果他不少喝一點的話，身體遲早會出問題的。」

「小光找到什麼資料？」米其林不想讓話題岔開。

「我覺得……李白是個很難形容的人，」小光翻看著手上的資料，「唐代的時候，大家都拚命的考科舉，為的是考上以後，就能平步青雲，甚至當大官。李白明明有那麼好的才華，卻不願意參加考試，這不是很奇怪嗎？只是，他好像又很希望可以幫國家、幫百姓做事，在他的作品中常透露著遠大的志向，期

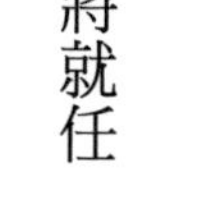

望可以引起那些當官的人的注意。」

「說不定他是害怕考試，要是沒考過的話會很丟臉。」機車王擅自下了注解。

「要是李白聽到你這樣說，一定會吐血。」米其林嘆了一口氣。

「誰吐血啦？」忽然一陣宏亮的聲音從門外傳來。

小光轉頭看，竟然是李爺爺。

「這麼好的天氣，你們怎麼都躲在屋子裡，不去外面玩啊？」李爺爺大步踏進了居酒屋，來到他們身邊。

「李爺爺，我們在討論李白，這是我們的暑假作業。」小光解釋。

「李白啊！」李爺爺的表情似笑非笑的，「有什麼需要幫忙的地方，可以儘量說，我對他還有一點了解。」

「是喔？」機車王的眉毛挑了挑，「那麼，你可以幫我們寫作業嗎？」

機車王的話才剛說完，忽然大叫一聲：「啊！誰踢我？」他連忙低頭到桌子底下想找出凶手。

「嘖！你這小子還真懶惰，花點力氣去寫功課都嫌麻煩。」李爺爺搖搖頭。

找不到罪魁禍首，又聽到老人唸他懶惰，機車王趕忙撇清：「我哪有嫌麻煩，是看大家討論了老半天，連李白到底是什麼樣的人都搞不清楚，剛好又聽到您說跟李白有點熟，就好心提議，誰知道好心沒好報！」機車王被訓了一頓，只好把大家都拖下水。

「是嗎？李白這個人有這麼難了解嗎？」李爺爺轉頭問小光。

小光點點頭，「其實不只是李白的形象，連他在哪裡出生的，也都沒有定論。」

「對啊，」米其林搶著接話：「有人說李白的故鄉在碎葉，也就是現在中國的鄰國吉爾吉斯；有人說是四川；有人說是湖北；還有人說是甘肅。連李白是漢人還是胡人的說法也都不一。」

「我覺得他應該是漢人吧，因為他說自己的祖先是漢代大將軍李陵。而且他也在詩裡面提到自己的祖籍在隴西，也就是現在的甘肅。」大亨用紅筆畫著資料說：「大部分的人都說李白出生在西域的碎葉，五歲時才跟著父親李客搬到四川青蓮。」

「所以李白會說外國話和四川話嘍。」機車王故意捲起舌頭說話。

「哈！哈！」李爺爺大笑著，順手從旁邊拉來一張板凳坐下，「李白寫過一首〈擬古〉詩：『生者為過客，死者為歸人，天地一逆旅，同悲萬古塵。』意思是說活著的時候像匆匆來去的路人，死去之後卻彷彿有了最後的歸宿之地。天地就像一間送往迎來的旅店，人生苦短，古往今來有多少人為這件事感到悲傷啊。所以，李白覺得天地就是他的故鄉，是哪裡人並不重要。」

李爺爺說完，撫著鬍鬚看著大家。

「唉！」機車王嘆了一口氣，「李白真可憐，連自己是哪裡人都不知道，如果要辦證件填資料的話，就麻煩嘍。」

「我覺得……」小光看著大家，「李白號『青蓮居士』，應該就表示他對四川青蓮這個地方有特殊感情。所以，對李白而言，只要有意義的地方，就是他的故鄉。」

【前臺定場詩】

〈擬古十二首〉其九

生者為過客，死者為歸人，
天地一逆旅，同悲萬古塵。
月兔空搗藥，扶桑已成薪，
白骨寂無言，青松豈知春。
前後更嘆息，浮榮何足珍！

【明月來照亮】

活著的時候像匆匆來去的路人，死去之後卻彷彿有了最後的歸宿之地。天地就像一間送往迎來的旅店，人生苦短，古往今來有多少人為這件事感到悲傷啊。月宮裡只剩下白兔搗著長生不死的藥，東海的參天神木已成了枯槁的柴薪；深埋在地底下的白骨，再也無法體會生前的榮辱，無知無覺的蒼翠松木，怎能感受春陽的溫暖。一代又一代的人總是感嘆，短暫的榮華富貴不足珍惜。

【無敵大補丸】

在「生者為過客，死者為歸人。」、「白骨寂無言，青松豈知春。」的對句中，李白展現了對於生命的領悟。將「天地」譬喻成「逆旅」，更是李白很喜歡使用的修辭法與人生哲學。

但使主人能醉客，不知何處是他鄉

喝得太開心了，
連在哪裡喝酒都忘光光。

李爺爺提到的〈擬古〉詩，再加上小光的結論，似乎讓李白謎樣的身世有了新的想像空間。

「李白的出生這麼神祕，不知道他到底是怎麼死的？」米其林很好奇。

大亨指著手上的資料說：「關於李白的死法，說法也很多，有病死的；有喝太多酒喝死的；還有人說他喝醉後，想撈水中的月亮，結果掉進水裡淹死了。」

「都不是。」機車王搖搖頭，「其實他是『失血過多』才死的。」

「什麼？」李爺爺一臉錯愕。

「李白是被謀殺的？」米其林睜大眼睛。

「我怎麼沒讀到這一段？」大亨趕緊翻查資料。

小光也一臉茫然。

「哈哈！想不到吧。」機車王得意的看著大家，「李白寫了很多詩，所以真的是『詩寫過多』啊。」

「你很冷耶。」米其林瞪了一下機車王。

小光和大亨則在旁邊偷笑，雖然有點無聊，但覺得這個答案還滿有創意的。

「小光認為李白是怎麼死的？」李爺爺轉頭問小光。

小光還在想的時候，機車王忽然大叫一聲，像是發現什麼天大的祕密，「我知道了！說不定李白根本就沒死，這麼多種死法只是為了故布疑陣，因為他是從天上掉下來的，時間到了，就被他的外星人朋友接走了。」

「拜託！你自己是火星人，總是說火星話，幹麼把李白也扯進去。」米其林沒好氣的說。

「為什麼你會這麼想？」機車王的答案似乎引起李爺爺的興趣。

想不到竟然有人願意聽自己說話，這可是頭一回啊，機車王不想放過表現的機會，「因為大家都不知道李白的來歷，而且秦老師說過李白是『詩仙』，就是天上貶入凡間的仙人，我想會從天上掉下來的人，大概只有外星人吧。」

「這個說法挺有意思的。」李爺爺聽得呵呵笑。

「看吧，就說我最懂李白了。」機車王樂得擠眉弄眼的。

但，總不能把李白演成外星人吧，小光在心裡嘆了一口氣。

「我覺得如果要演舞臺劇的話，用撈月的結局應該會比較特別，大家覺得呢？」小光把岔開的主題又拉回來。

米其林和大亨都點頭表示同意，機車王卻顯得有些苦惱。

「你有更好的想法嗎？」小光問。

「我是在想……」機車王邊說邊比劃著，「到時候我應該用什麼樣的演技，來表現李白這種浪漫的死法？你們覺得用吊鋼絲的方式慢慢沉入水中……」機車王陷入了無邊無際的想像。

「機——車——王——」米其林尖叫：「誰說你可以演李白？」

「像我這麼風度翩翩又這麼懂李白，不讓我演就真的太浪費了。」機車王說完，伸出右手，比了一個用張開的拇指和食指撐住下巴的姿勢。

「我要吐了。」米其林一臉噁心的模樣。

這時，大亨的手機鈴聲突然響起，「喂？媽媽，好，拜拜。」大亨掛上電話後，把手機放進背包裡，「不好意思，我媽叫我回家吃午飯。」

「我也要回去了，再聽火星人胡扯，晚上一定會作惡夢。」米其林也跟著收拾書包。

「好吧，那來無影、去無蹤的李白也要回家了，告辭！」機車王背起背包，雙手作揖道別。

鬧哄哄的小組會議終於結束，小光鬆了一口氣，但同時間，他覺得頭好痛，因為再這樣吵吵鬧鬧的討論，他真不知道暑假結束之前，是否能及時把劇本寫好，甚至排練成舞臺劇。

「咦？老爹您來啦。」光爸提著大包小包站在門口。

李爺爺站起身打招呼：「沒事過來走走，剛好看到這幾個小朋友在討論功

課，覺得有趣，也就跟著湊熱鬧。」

「才不是湊熱鬧，李爺爺幫了我們很大的忙，讓我們更認識李白。」小光說。

「那很棒啊，你們的舞臺劇一定會很精采。」光爸邊說邊把買回來的菜放到吧臺上。

「還沒演就很精采了。」小光說得小聲。

「什麼？」光爸沒聽清楚。

小光吐吐舌頭，連忙搖頭。

「為了感謝老爹的幫忙，不知道我們有沒有這份榮幸，可以邀請您一起吃午飯？」光爸問。

「這怎麼好意思。」李爺爺連忙婉謝，準備轉身離開。

「李爺爺留下來嘛，爸爸的鮭魚炒飯很好吃喔。」小光也加入邀請行列。

拗不過光爸和小光的熱情邀約，李爺爺微笑的接受了，「那就恭敬不如從命。」

光爸在廚房大展身手，小光收拾著桌上的書和資料，準備擺放餐具。

「這麼多李白的書看得完嗎？」李爺爺隨手拿起其中一本翻看著。

「看不完也得看，要是到時候劇本寫不出來，我們這組的暑假作業就完蛋啦。」小光說。

「什麼劇本？」李爺爺很好奇。

「李白的故事啊，而且開學後，還要演成舞臺劇。」小光解釋。

李爺爺撫著鬍鬚點頭說：「聽起來真有趣。」

「才不有趣。」小光撇撇嘴說：「雖然李白的資料看起來很多，可是我覺得有一種霧裡看花的感覺，唉！他到底是一個什麼樣的人啊？」小光抓抓頭。

「說不定，他真的是一個外星人。」李爺爺笑著說：「據說李白出生前，他的母親突然夢見太白星從天上墜落到她的懷裡，驚醒後，就生下李白了。」

又是一個外星人，小光睜大眼睛，不知道該不該相信李爺爺的話。然而就在瞬間，有個奇異的念頭闖進來，他先是回頭看了一下廚房，確定光爸聽不見後，神祕兮兮的對李爺爺說：「真希望外婆有多一支湯匙，這樣我就能回唐代去找李白。」

外婆的湯匙，曾經帶著小光進入異空間找嘟嘟，那把時光鑰匙的祕密就只有外婆、小光和李爺爺知道。

「找到李白，問題就解決了？」李爺爺也壓低聲音。

小光先是點點頭，然後又搖搖頭，「很難說，因為我也沒把嘟嘟找回來。不過，至少可以看看李白的生活是什麼樣子，看他怎麼望明月、看他怎麼和汪倫當好朋友、看他怎麼叫高力士幫他脫靴……」

「準備吃飯嘍！」光爸從廚房裡大喊，打斷了小光的美夢。

光爸端出一大盤鮭魚炒飯和幾道小菜，「老爹，我就簡單弄個炒飯和小菜，希望您別嫌棄。」

「聞到飯菜香，肚子真的餓啦。」李爺爺摸摸肚子。

小光幫忙把鮭魚炒飯盛到碗裡，放到李爺爺的面前，「請享用。」

「那我就不客氣嘍。對了，如果你們不介意的話，我想喝點酒。」李爺爺說。

「沒問題，我來幫您準備。」光爸轉身走回吧臺後方。

「別忙了，我自己有準備。」李爺爺邊說邊從腰際解下一個葫蘆。

當葫蘆頂蓋被旋開的瞬間，一陣奇異的香氣撲鼻而來，濃醇的酒香很快就瀰漫了整間居酒屋。

「好酒。」光爸不禁讚嘆著。

一道清泉從葫蘆裡緩緩流瀉而出，在燈光下閃耀著金黃色的光，彷彿有一種神奇的魔力，緊緊攫住小光的眼睛，從未喝過酒的他，也被那清澈如水的透淨深深吸引。

「阿倫的酒，是絕響了。」李爺爺就著壺口深深嗅聞，接著仰起頭來，很豪邁的咕嚕咕嚕喝幾口。

放下酒壺，他的眼中浮起一層異樣的光亮，談起當年遇到外公、外婆的事，談起他們是如何的相見歡，一切恍如昨日般的熟悉……而這一些都是小光初初聽聞，像是經歷了一場精采的老電影。

「蘭陵美酒鬱金香，玉碗盛來琥珀光。但使主人能醉客，不知何處是他鄉。」幾杯美酒下肚的李爺爺，開始吟詩。

「老爹真是好興致。」光爸說。

李爺爺瞇起眼睛像在凝視著什麼，「蘭陵地方的美酒，有著鬱金特殊的醇濃香氣，用晶瑩潤澤的玉碗裝盛，便閃現琥珀般的光彩。只要主人的這些美酒能讓我沉醉，那麼，我也就不覺得自己身在異鄉了。這是李白寫的〈客中作〉，很貼近我現在的感受啊。」

「原來李白喜歡鬱金香。」小光聽見詩裡有認識的花名，覺得挺開心。

李爺爺搖搖頭說：「這個鬱金並不是鬱金香喔，而是一種用來增添酒香的植物。」

或許是外公釀的酒太迷人也太醉人，沒多久，李爺爺就喝醉了，他蹣跚的起身，說要回家。

「您還是等酒意退了一些再回去吧。」光爸勸阻。

「沒事。」李爺爺揮揮手，「我怎麼來，就能怎麼回去。」

「我叫小光送您回家。」光爸跟小光使了一個眼神。

「小光……明月……光……」李爺爺瞇起眼睛看著小光，口齒不清的說：「當年你還在娘胎的時候……我就認識你了……哈哈！」

小光攙扶著喝醉了的李爺爺步出居酒屋，沒想到搖搖晃晃的李爺爺竟往樹叢的方向走過去。

「李爺爺，那邊沒路了。」小光趕緊拉住他。

「路……是人走出來的……呃！」李爺爺打了一個酒嗝。

突然，像被一陣風捲起，李爺爺拉住小光往磚牆衝過去。不行啊！這是一道牆啊！小光下意識的閉上眼睛，感覺到自己即將狠狠撞上去，非得撞個粉身碎骨不可。

他發出一聲慘叫，卻感到一陣清涼的風吹過，並且聽見了人聲鼎沸的吵雜聲……

【前臺定場詩】

〈客中作〉

蘭陵美酒鬱金香，玉碗盛來琥珀光。
但使主人能醉客，不知何處是他鄉。

【明月來照亮】

蘭陵地方的美酒，有著鬱金特殊的醇濃香氣，用晶瑩潤澤的玉碗裝盛，便閃現琥珀般的光彩。只要主人的這些美酒能讓我沉醉，那麼，我也就不覺得自己身在異鄉了。

【無敵大補丸】

用「香氣」、「顏色」來描寫蘭陵的美酒，成功運用了「嗅覺」與「視覺」，也使讀者有了「味覺」的想像，雖然沒喝過，卻理所當然的相信，這必然是很好喝的美酒。

第二章

不能說的祕密

孤帆遠影碧山盡，唯見長江天際流

脖子再怎麼伸長，
也看不見你了。

這究竟是怎麼一回事？小光睜開眼睛，完全摸不著頭緒，這裡是哪裡？拉著自己的李爺爺到哪裡去了？難道自己跟〈桃花源記〉的武陵漁夫一樣，也走進了桃花源？

「怎麼還愣在那裡？」前面有個男人呼喚著小光。

小光揉揉眼睛，這個男人是誰啊？這是一個氣宇非凡、神情俊朗的年輕人，身材高大，肩膀寬闊，腰間還繫著一把寶劍。

「快走吧，有人在等我們。」年輕人揮揮手叫小光快點跟上，恍若他們是一

起結伴同行的好朋友。可是這突如其來的轉變，讓小光有些措手不及，他根本就不認識這個人。

陌生的環境、陌生的人，讓小光不自覺的倒退了好幾步，「你是誰？李爺爺呢？」

年輕人哈哈大笑，「傻小子！你不是想見李白嗎？」

李白？這個人是李白？小光驚訝得闔不攏嘴。

李白怎麼會出現在這裡？這裡又是哪裡？難道自己闖入了古裝劇的拍戲現場了嗎？

「我們……」小光有點疑惑又緊張的問：「我們現在是不是在拍戲啊？」

「這可不是戲！這是大唐盛世！」這個自稱是李白的年輕人微笑著說，他的表情看起來充滿自信。

大唐？小光覺得有點頭暈。發生什麼事了？難不成李爺爺拉著他，騰雲駕霧一般的，就這樣進入了一千多年前的唐朝？外婆的神祕湯匙還需要到處敲東西才能找到對應的鎖，可是李爺爺連手都不用伸，直接就把他帶進了異空間。

小光猶豫著，不知道該不該相信對方說的話。

年輕人看穿了小光的心思，「沒錯，我就是李白，你不是想看看我是怎麼生活的？你如願以償啦。」

小光用力掐著自己的大腿，想確認這到底是不是真的？

「如果自己捏不夠痛的話，我可以幫忙。」李白笑著說：「來吧，再不走就來不及赴約了。」

雖然眼前的人說自己是李白，可是小光還是有些擔心，他一邊跟著走，一邊不時回頭查看來時路，心想，要是李白突然變成吸血鬼或是狼人，至少還知道往哪裡逃。

沒想到小光一個不留神，竟直接撞上前面的人。

「好痛！」兩個人同時喊著，李白摸著背，小光摀著頭。

「你怎麼不看路啊？」李白說。

「你怎麼不走啦？」小光說。

李白沒好氣的說：「我要見的人就在這裡，你要是想繼續走，前面是長江，

我就不送了。」

小光側頭看，映入眼簾的是一幢兩層樓高的木造樓臺，剛好就坐落在兩條大河的交會處。

樓前高掛的匾額上題著三個大字，小光抬起頭，「黃……鶴……樓？」

黃鶴樓？好熟悉啊，似乎在哪裡聽過。

這時，一個身著飄逸長衣、氣質儒雅的中年人迎上前來，看起來比李白還要年長十多歲。

李白看到對方很開心，「孟夫子，聽說您要下揚州了，我無論如何也要見上您一面。」

「我正等著你呢，快進來吧。」中年人招呼著。

「這是……」他看著走在後面的小光。

「我的家僮，叫小光。」李白伸手把小光拉到身邊，「這是孟大爺。」

「孟大爺好。」雖然不知道自己什麼時候變成家僮了，但小光還是很有禮貌的問好。

「賢弟，不僅是你出類拔萃，連你的家僮也與眾不同啊。」孟大爺瞧了瞧小光的穿著。

「這小子聽說日本國的人都是這樣打扮的，也就學著了。對了，孟大哥，您會再去長安嗎？」李白輕描淡寫的把話題帶開。

小光低頭看了一下自己的短衣、短褲，古代的日本人都是這樣穿的嗎？回去以後要問問星野叔叔。

聽到李白問起長安的事，孟大爺的臉色忽然變得凝重，但很快的又恢復原先的模樣，「不如陪我喝兩杯吧，和你一起喝酒才是人生樂事。」孟大爺說著，舉起酒壺幫李白倒酒。

孟大爺和李白喝酒時，小光無聊的靠在樓臺的欄杆邊，看著滔滔的江水，整理混亂的思緒。原本只是要送喝醉酒的李爺爺回家，竟然就來到唐代，這是夢嗎？但眼前的一切似乎比夢還真實。沒想到隨口許個願望，夢就成真，這實在太幸運了。但是，如果把這樣的經歷講給機車王他們聽，他們會相信嗎？

偶爾，在吵雜的水浪聲中，小光聽到這兩個人在談論什麼摩詰、什麼子壽，

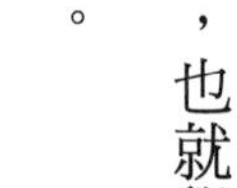

什麼皇上的，只是，完全聽不懂他們在說什麼，只感覺眼前兩人的情緒一下高昂、一下低落，彷彿為什麼事而努力，到最後卻失敗了。

「上次從長安回來，對於仕途一事，已不再眷戀。」孟大爺說完仰頭喝盡酒杯裡的酒，「別說這些煩心事了，我倒想聽聽賢弟談談這些年來的遊歷生活，那些大山大水，那些隱居在山林裡修仙求道的事。」

孟大爺大手一揮，店小二又送了兩罈酒到桌上，收走了三個空酒罈。小光探頭看了看，這兩個人還真能喝啊。尤其是李白，簡直沒停過。他這麼愛喝酒，到底是因為快樂還是不快樂啊？

「前些年，我拿著自己的作品在成都拜見了散文名家蘇頲，得到了很大的鼓勵；還去瞻仰了西漢才子司馬相如的琴臺和漢賦名家揚雄的故居；也到了峨眉山隱居一段時間。後來離開三峽時，在江陵會晤了道教茅山宗第十二代宗師司馬承禎。」李白大略的敘述著，又開了一罈酒。

孟大爺聽得頻頻點頭，「我聽說這位老道士還稱讚賢弟『有仙風道骨』。看來這真是一趟豐盛的旅行。」

「聽起來豐盛，但也千金散盡啦。」李白說著，哈哈大笑起來。

「怎麼說？」孟大爺不解。

「這段遠遊的時間，常會遇見一些仕途不得意、生活貧困的人，我怎麼能坐視不管呢？沒想到，不到一年的時間，我就把當初帶在身上的三十餘萬金全花光了，還生了一場大病，到最後，輪到別人救濟我了。」李白說得雲淡風輕，彷彿那是別人的遭遇似的。

「不過，賢弟這樣輕財好施、存交重義的性格，實在讓人敬佩。」孟大爺拍拍李白的肩膀，像是為他打氣。

只是，原本眉飛色舞的李白，此時臉色卻暗淡下來，「當我抵達洞庭湖的時候，和我一起從四川結伴出遊的好朋友吳指南卻因病過世了，我真的很傷心，卻也只能先將他安葬在洞庭湖畔……」

李白說到最後，幾乎是哽咽了，他拿起酒杯大口喝著，像是要把湧上心頭的傷心全吞回肚子裡。小光雖然不知道吳指南是誰，但可以感受到那一定是李白最好的朋友，否則，他不會這樣難過。

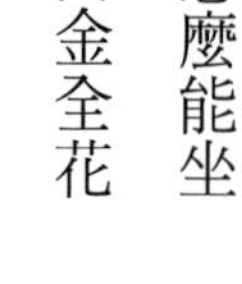

或許是喝酒喝得太猛了，沒多久，李白的頭愈垂愈低，終於醉倒在桌子上，怎麼叫也叫不醒。

這時，有人走到孟大爺身邊，低聲對他說了幾句話。

孟大爺看著酒醉不醒的李白，對小光說：「我的船要出發了，沒辦法再等賢弟清醒，待他醒來，幫我跟他說一聲，今天與他飲酒真是痛快，期待下次再聚首。」

小光點點頭，不知為什麼，好像也感到了一股離情別緒。

「孟大爺！您一路順風啊。」小光深深一鞠躬。

「好。」孟大爺拍拍他的肩，「好孩子。」一轉身便飄然下樓去了。

一直等到黃昏，李白才大夢初醒的坐起身，四處瞧了瞧，「孟夫子呢？」

「孟大爺已經搭船離開了。」小光說。

「是嗎？」李白懊惱的拍拍自己的頭，「明明說好要為他餞行，我卻醉得連再見都來不及說。」

李白嘆了一口氣，起身走到庭臺邊，凝望著遠方，靜靜的不發一語。

「故人西辭黃鶴樓，煙花三月下揚州……」李白忽然唸起詩句。

故人西辭黃鶴樓？小光終於想起來了，那不是秦老師前陣子才教過的七言絕句〈黃鶴樓送孟浩然之廣陵〉嗎？

「孤帆遠影碧山盡，唯見長江天際流。」李白繼續唸著，小光不自覺的跟著唸出聲。

李白訝異的回頭看小光，「你知道這首詩？」

「秦老師有教過，還考過默寫。」小光信心十足的說：「這首詩是李白寫給孟浩然的，因為孟浩然要去揚州了……」

小光說到這裡時，差點咬到自己的舌頭，他不可置信的問：「孟大爺，就是田園詩人孟浩然？」

李白點頭，「沒錯，這首詩就是送給他的。那你了解詩中的意思嗎？」

小光想了一下，「我與老朋友在黃鶴樓辭別了，在這暮春三月繁花盛開的時候，他要順流而下到揚州去。船影已遠遠的隱沒在碧綠的山色之間，只見到長江的水無邊無際的向天邊流去。」小光把背過的解釋唸給李白聽。

「背得挺熟的嘛。」李白說。

「我背書還行，不過數學就完全沒辦法了。」小光不好意思的抓抓頭。

夕陽的餘暉映射在李白的身上，彷彿圈上了一道金光，讓李白的身形有了一種魔幻的感覺。

【前臺定場詩】

〈黃鶴樓送孟浩然之廣陵〉江夏岳陽

故人西辭黃鶴樓，煙花三月下揚州。
孤帆遠影碧山盡，唯見長江天際流。

【明月來照亮】

我與老朋友在黃鶴樓辭別了，在這暮春三月繁花盛開的時候，他要順流而下到揚州去。船影已遠遠的隱沒在碧綠的山色之間，只見到長江的水無邊無際的向天邊流去。

【無敵大補丸】

傳說中，黃鶴樓是仙人飛天的地方，因此李白在黃鶴樓送別孟浩然，有著愉悅的聯想及氛圍。整首詩透過視覺摹寫，寫出了地點、人物以及季節，而在長江浩瀚奔流中，也承載著祝福的心情。

兩人對酌山花開，一杯一杯復一杯

誰的酒量那麼好？

一直喝個不停。

「你這小子在發什麼愣啊？」李白皺著眉頭看著他。

小光傻笑著，「我只是覺得以前只能在課本裡認識的人，竟然活生生出現在面前，真是太令人興奮啦！」

「這不是你的願望嗎？你真的到了我的時代，看見我的生活，還遇見我的朋友，這樣對你的疑惑有沒有幫助呢？」

小光一邊點頭，一邊伸手摸摸口袋，這時才發現他忘了把記著許多疑問的小本子帶出來，「糟了，我忘了帶筆記本了。」

「什麼筆記本？你有眼睛，你有感覺，那就夠了。」李白說：「告訴我你想知道李白哪些事？」

小光回想著：「秦老師說舞臺劇是三十分鐘，要把詩人的重要故事帶入其中。」

「重要的故事？」李白想了一下，「我怕三百天也演不完。」

「那……扣掉喝醉酒的部分好了。」小光說。

「這可難嘍，連杜甫都說我是『酒中仙』，沒有酒，就不是我了。」

「你真的很愛喝酒耶，一個人也可以對著月亮喝。」小光想到〈月下獨酌〉這首詩。

「我也可以跟朋友喝啊，兩人對酌山花開，一杯一杯復一杯。我醉欲眠卿且去，明朝有意抱琴來。」李白唸出了一首詩。

「一杯一杯復一杯，」小光只聽得懂其中的一句，「喝這麼多杯，對身體很不好吧。」

「有好朋友一起喝酒，心情愉快，什麼煩惱也沒有了，這不是很好嗎？」李

白不以為意。小光知道自己說不過李白，只好轉移話題，「這首詩叫什麼名字啊？我之前好像沒注意過。」

「這首詩叫〈山中與幽人對酌〉，意思是說：山上美麗的花都開了，在濃郁的花香中，我與你舉著酒杯喝酒。兩個人喝完了一杯、一杯、再一杯。我喝醉就想睡了，您請先回去吧。如果您仍覺得意猶未盡的話，明早再帶著琴來一起同樂。」

「我覺得這首詩有一種自然、不受拘束的感覺。」小光完全被詩中美好的情境打動了。

李白微笑著說：「或許是因為，我很嚮往沒有煩惱的隱逸生活吧。」

「但是，我們也不能在舞臺上一直喝酒啊，送別啊，送別啊，喝酒啊……秦老師會以為我們在偷懶。」小光抓抓頭。

「偷懶？這可不行！」剎那，李白眼底閃爍著一道光，「走吧。」

要走去哪裡？小光還來不及反應，忽然發現自己的腳底升起一片白色雲霧，霧很濃，幾乎看不見身邊的一切……

突然間，雲霧散盡，小光和李白就站在市集中間，身邊的人來來去去，似乎沒有人察覺到他們的出現是那樣的突兀。

「這裡是哪裡？」小光好不容易站定。

「好戲上場嘍！」李白低聲說，聲音中帶著期待與壓抑的興奮。

附近傳來一陣嘈雜聲，許多人圍攏過去，彷彿有什麼熱鬧可看。

「我們去看看。」李白拉著小光的手向前走去。

前方有一列官兵，押著一個身形壯碩的青年，這青年也像個軍人的樣子，全身五花大綁，行走起來有些蹣跚，應該是雙腿受了傷吧。但是，他的眉眼之間有著不屈服的倔強表情，努力的昂首闊步往前走。

這樣的場面，小光只在電視裡見過，每次劇情演到這裡，就表示犯人要被押去刑場砍頭了。不知怎麼的，小光忽然覺得背脊一陣寒涼，沒想到他真的遇上砍頭的事。但他看著這個犯人，怎麼看都不像壞人啊。

「你在這裡等我。」李白低聲對小光說完後就走上前去，攔住了官兵的路。

「且慢。各位軍爺，在下『閒散逍遙學士』李白，不知是哪位軍爺作主？」

「原來是李大學士，失敬！失敬！」從士兵裡走出一個看起來是隊長的人。

李白與那位軍人彼此作揖行禮之後，李白問道：「這位兄弟不知犯了何罪？」

「他是隴西節度使哥舒翰麾下的一名副將，他的部下把糧米燒毀了，依軍法規定，他必須人頭落地以負起全責。」隊長說。

李白點點頭，走近犯人和他低聲攀談了幾句。

小光卻不斷思索著，哥舒翰，好熟的名字。一定在哪裡聽過，應該是一首詩……北斗七星高，哥舒夜帶刀……對了！這就是歌頌哥舒翰的〈哥舒歌〉啊，外婆在他很小的時候教過他的。

李白回到隊長面前說道：「我看這位郭兄弟儀表堂堂，此次只是被部下所累，罪不當死，就放了他吧。」

「李大學士，郭副將確實英勇善戰，只是軍令難違，我也是聽命行事啊。」

雖然隔著一小段距離，小光還是聽出了那位隊長的為難。他跟著緊張起來了，如果這位副將真的要血濺五步，那可怎麼好？

「軍令也違抗不了皇上的特赦令吧？」李白微笑著，「這位郭兄弟絕非池中之物，有朝一日若得重用，必能報效國家，建功立業。朝廷目前最需要的就是這樣的人才。我立刻上書給皇上，請他特赦郭副將。來啊！」李白轉頭向小光一揮手，聲勢奪人的喊：「取我的筆墨來！」

小光腦中轟轟然，筆？墨？他身上哪有什麼筆墨啊？但他想，自己的臉大概跟墨差不多黑了吧。他重重拖著步子，一步一步挨上前去。

「罷了！」隊長嘆一口氣，「大學士開金口，看在您的面子上，我就放他一馬吧！」

隊長領著部屬離去。圍觀的群眾一陣譁然，有些人甚至激動的鼓起掌來。

李白一派輕鬆的走回小光的身邊，「我可不是只會喝酒和送別！」

在死神面前毫不畏懼，據理力爭，這就是令人讚嘆的詩仙李白。小光仰頭望著李白，像在凝視著一個偶像。

撲通一聲，郭副將跪在地上，向李白叩首，「感謝恩公救命！小人永誌不忘。」

李白微微一笑，揮劍如流星，斬斷了他身上的繩索，扶他起身。然後，牽

起小光，說道：「咱們走吧！」

郭副將見李白和小光兩人頭也不回的離開，大聲喊著：「郭子儀日後若飛黃騰達，必將報答大恩。」

郭子儀？小光驚訝得睜大了眼睛，那不是平定唐朝安史之亂的大將軍嗎？

【前臺定場詩】

〈山中與幽人對酌〉

兩人對酌山花開，一杯一杯復一杯。
我醉欲眠卿且去，明朝有意抱琴來。

【明月來照亮】

山上美麗的花都開了，在濃郁的花香中，我與你舉著酒杯喝酒。兩個人喝完了一杯、一杯、再一杯。我喝醉就想睡了，您請先回去吧。如果仍覺得意猶未盡的話，明早請再帶著琴來一起同樂。

【無敵大補丸】

描寫兩個人在山中對酌的畫面，連山中的花彷彿都感染了歡樂，一朵朵的綻放了。無知無情的花朵，因著詩人的移情作用，也顯得有情有意。

抽刀斷水水更流，舉杯消愁愁更愁

如果用倚天劍或是屠龍刀，不知道能不能砍斷？

忽然，有人拍了一下小光的肩膀。

小光嚇了一跳，連忙回頭，沒想到竟然是米其林，連大亨也出現了。

「你們怎麼會在這裡？」小光很詫異。

米其林摸不著頭緒，「我們早上不是才來過嗎？」

「對啊，你們家不是在那邊？」大亨指指小光身後的方向。

小光一下子意會不過來，他回頭看了一下，「不是啊，這裡是唐……」

熙來攘往的大唐街道、被綁赴刑場的郭子儀、在黃鶴樓告別的孟浩然，還

有會法術的李白……竟然在轉瞬間消失得無影無蹤，眼前是他再熟悉不過的街景。小光眨眨眼睛，剛才是在作夢嗎？

「什麼糖啊？」米其林問。

小光沒有回答。「你們怎麼會來呢？」

大亨用食指推推眼鏡，「米其林打電話給我，說早上的討論被機車王吵得一點進度也沒有，不能再被他拖累下去，不如我們三個自己來搞定。」

「沒錯，我們自身都難保了，誰還有時間去管他要不要當男主角。」米其林撇撇嘴。

「好吧，我們回去討論。」小光只能這樣說。

回家的路上，小光一直想著剛剛經歷的一切，當時他正送著喝醉酒的李爺爺回家，穿過原本沒有路的樹叢後，竟走進了唐代，然後，李爺爺消失而李白出現了，難道……

「喂！你要走去哪裡？」米其林大喊。

小光這時才從恍神中驚醒，他發現自己已經走過居酒屋而不自知，於是趕

緊掉頭回來。

「你以為你是大禹治水喔，過家門而不入。」米其林取笑他。

「我在想事情。」小光含糊的說。

「你是不是擔心機車王發現我們沒找他，會生氣啊？」大亨猜測著。

「拜託，他不要出現就是最大的貢獻。」米其林才不怕。

小光苦笑著，推開門走進居酒屋，「既然機車王不在，我想我們的進度會更快一些。」

「小光回來啦。」光爸從廚房裡走出來。

「伯父好。」米其林和大亨同時問好。

「好！好！」光爸笑著回應。

「我們要討論一下李白。」小光拉開板凳坐下。

「床前明月光，疑是地上霜……」光爸竟自顧自的唸起詩來。

「是『床前看月光』，大家都背錯了。」小光打斷光爸。

「是嗎？」光爸狐疑的看著米其林和大亨，「什麼時候改的？」

「小光才背錯了吧，」米其林一臉不可置信，「這是李白最簡單的詩耶。」

大亨也跟著點頭。

小光原本想解釋，卻放棄了，等他找到更多證據再說吧。

「怎麼這麼熱鬧？」星野來上班了。

「我們要討論暑假作業。」小光回答。

「真好，我最懷念的就是小學生活，無憂無慮的。」星野走到吧臺後方。

「才不好，」米其林搖搖頭：「平常放學後就要去安親班寫功課到八、九點，假日還要趕場補習，好不容易等到放暑假了，卻要準備李白的資料寫劇本，開學後還要演成舞臺劇，忙都忙死了。」

星野吐吐舌頭，「聽起來你們比我小時候辛苦多了。對了，舞臺劇公演的時候，我可以一起去觀賞嗎？」

「歡迎你來，可是你要保證不可以笑我們喔。」米其林說。

「放心，我才不會笑，你們已經很厲害了，小時候我只要上臺講話，就會緊張到全身發抖，連老師都以為我被電到呢。」星野誇張的說。

「不過，那是開學以後的事了，」大亨從背包裡拿出一疊書和資料，「我們現在要先弄清楚李白的生平和讀懂他的詩。」

「說到李白，他在我們日本很有名呢，我們也讀他的詩。」星野一邊整理著食材一邊說：「因為唐朝和日本自古的交流就很頻繁，像是日本奈良附近的平城京遺址，就是按當時的長安城設計的，也是正方形，不過比例只有四分之一，而且，不僅城市的規劃很像，連百姓的生活都跟長安城裡的人一樣。」

「喔！抄很大。」米其林小聲的說。

「什麼？」星野沒聽清楚。

小光和大亨都聽見了，兩個人都低頭竊笑。

「我很喜歡李白的詩，像那首『抽刀斷水水更流，舉杯消愁愁更愁』，實在是太有感情了。」星野讚嘆著。

「原來這是李白的詩啊，我還以為是〈新鴛鴦蝴蝶夢〉的歌詞，每次我媽去KTV一定會點這首歌。」米其林拉著自己捲到不行的頭髮。

大亨翻閱著李白詩集說：「我有讀到，它叫〈宣州謝朓樓餞別校書叔雲〉。」

「跳樓？」米其林大叫一聲。

「不是那個跳樓啦，它是唸三聲ㄊㄧㄠˇ，」大亨扶著差點飛出去的眼鏡，「『謝朓樓』是指南齊詩人謝朓擔任太守時蓋的樓閣，李白當時在謝朓樓歡送他的叔叔李雲遠行後，寫下了這首詩。」

又是送別詩，小光想起他在黃鶴樓看見的情形，吳指南病死了，孟浩然去揚州了，親人也要離開了，一直在離別的感覺裡，李白一定會很難過吧。

「這首詩真長！」米其林看著大亨手中的詩集。

「不知道我還記得多少？」星野歪著頭想了一下，然後清清喉嚨唸道：「棄我去者，昨日之日不可留；亂我心者，今日之日多煩憂。長風萬里送秋雁，對此可以酣高樓。蓬萊文章建安骨，中間小謝又清發。俱懷逸興壯思飛，欲上青天攬明月。抽刀斷水水更流，舉杯消愁愁更愁。人生在世不稱意，明朝散髮弄扁舟。」

「好厲害。」大亨驚訝的從書中抬起頭，「一個字都沒錯。」

沒想到這個拿菜刀的日本廚師，竟能把李白的詩一字不漏的背出來，在場

的人一邊拍手，一邊用著不可思議的眼光看著星野。

「想不到星野深藏不露啊。」光爸很佩服。

「我會記得這麼清楚，是因為以前遇到理想和現實衝突的時候，這首詩剛好給了我答案，尤其是最後幾句。」星野不好意思的笑了笑。

大家都看著星野，等著他繼續說。

「李白說，我們都懷有豪情壯志，想要登上青天攬取明月。然而，回到現實後，那些壯志未酬的苦悶，就像流水一樣，不知何時會停止。想用刀子去砍斷河水，反而讓水流更湍急；想借酒澆愁，心裡卻更哀愁。人在世間要是不能稱心如意，不如明天就披散著頭髮，坐在小船上四處遊玩吧！」

「要是李白聽到一個日本人這麼愛他的詩，一定會很感動。」米其林稱讚著。

小光看著星野，覺得李白實在是太酷了，沒想到一首詩的力量竟然這麼強大，可以穿越時間，穿越國界，抵達一個日本人的生命裡面。

【前臺定場詩】

〈宣州謝朓樓餞別校書叔雲〉

棄我去者，昨日之日不可留；
亂我心者，今日之日多煩憂。
長風萬里送秋雁，對此可以酣高樓。
蓬萊文章建安骨，中間小謝又清發。
俱懷逸興壯思飛，欲上青天攬明月。
抽刀斷水水更流，舉杯消愁愁更愁。
人生在世不稱意，明朝散髮弄扁舟。

【明月來照亮】

多少往事隨著時光遠去，已無從挽留，太多的憂愁卻接著來擾亂我的心思。面對著明淨的秋空，遙望著萬里長風吹送鴻雁南飛，我們應該在謝朓樓上暢飲啊！校書郎！

你的文章有建安時代的風骨，我的詩則像謝朓那樣清新。我們都懷有豪情壯志，想要登上青天攬取明月。然而，回到現實後，那些壯志未酬的苦悶，就像流水一樣，不知何時會停止。想用刀子去砍斷河水，反而讓水流更湍急；想借酒澆愁，心裡卻更哀愁。人在世間要是不能稱心如意，不如明天就披散著頭髮，坐在小船上四處遊玩吧！

【無敵大補丸】

前四句是整齊的對句句式，從壓抑的語氣中反轉成豪放的情感。蓬萊文章、建安風骨、謝朓詩歌則引用了典故，在譬喻中透露出作者的想望。「抽刀斷水水更流，舉杯消愁愁更愁」的頂真修辭，令人讀來有著強烈的節奏感。

但見淚痕溼，不知心恨誰

再哭下去，
就要淹水嘍。

黃昏時，油條伯滿身大汗的推開居酒屋大門走進來，「好熱！好熱！怎麼會熱成這個樣子？」

小光趕緊從冰箱裡拿出冰毛巾，送到油條伯的面前。

「太好了，謝謝小光。」油條伯拿著冰毛巾先擦拭黝黑的臉龐，再擦著粗壯的手臂，「天氣真熱，都快比我的油條鍋溫度還高了。」

油條伯以前是開早餐店的，他最引以為傲的就是能炸出香酥脆的油條，更厲害的是，無論是什麼形狀的油條，他都炸得出來，狗啊、鳥啊、魚啊，像變

魔術一樣，溼溼軟軟的麵粉糰到了他的手中，就能變化萬千。

不過，那都是以前的事了，自從油條娘過世之後，油條伯再也無法獨自負荷早餐店的忙碌，只好把店收起來。

光爸奉上一大杯金黃色的冰啤酒，「這個先給您退退火氣。」

「謝啦。」油條伯捧著冰啤酒，大口喝著，沒多久，整張臉洋溢著幸福舒爽，「我想了一整天，就是在想這個。」

「油條伯今天去哪玩，晒得全身紅紅的。」星野遞來一盤紅橘相間的鮪魚和鮭魚生魚片以及涼拌野菜。

「去山上看我老婆啦，想說一陣子沒找她聊聊天，怕她無聊。」油條伯邊說邊用筷子挾起一片紅亮亮的鮪魚，抹了一些淺綠色的手磨芥末，再沾上一點褐色醬油，然後放進嘴巴裡大口咀嚼著，透涼的感覺讓他整個人都發光。

「她知道了一定會很開心。」星野說。

「她一定會知道的啊。」油條伯說完又喝了一大口冰啤酒，放下酒杯時，只見嘴唇旁邊圈了一層白色泡沫。

黑黑紅紅的臉龐，突然長出白色鬍子，小光忍不住偷笑。

「我今天一邊幫她拔墳墓上的雜草，還一邊唸詩給她聽，雖然我只會那一百零一首的〈怨情〉。」油條伯把喝完的酒杯遞給星野。

「怨情是什麼？」星野很好奇。

「那是我和我老婆的定情詩，也就是大詩人李白寫的那首『美人捲珠簾，深坐顰蛾眉。但見淚痕溼，不知心恨誰？』」沒想到平常看起來大剌剌的油條伯，唸起詩來還有那麼一點味道。

「這首詩是什麼意思呢？」星野把冰啤酒拿給油條伯。

油條伯清清喉嚨後說：「有個美人兒，捲起窗上的珠簾，雙眉緊緊皺著坐在房間裡。只見她臉上潤溼著淚痕，不知道是在怨恨哪一個人。」

「這首詩聽起來好像不太開心，怎麼會是定情詩呢？」星野一頭霧水。

油條伯微微一笑，「想當年，我老婆還只是我工作的早餐店的客人，有一天她來買東西，看起來心情不太好，為了逗她開心，我就偷偷唸了這首印在包油條的日曆紙上的詩，沒想到就這樣誤打誤撞，到最後竟然還把她娶回家了。」

「很浪漫喔。」光爸豎起拇指。

「這首詩這麼厲害，還可以娶到老婆。」星野的眼睛都亮起來了。

「沒錯！我也沒想到李白這麼厲害，當時我老婆以為我這個炸油條的是個隱姓埋名的文藝青年，後來才知道我只會這首詩，可是也已經來不及了，哈哈！」油條伯說到最後，笑得眼淚都流出來了。

小光想起小時候看過油條伯和油條娘一起賣燒餅油條的日子，雖然常常聽到他們拌嘴，有時候還會看到他們拿著鍋鏟開罵，像是要決鬥的樣子，不過吵鬧歸吵鬧，到最後還是和平收場。

真是「天生一對」，小光記得外婆曾經這樣形容過這兩個人。

「咦？小光怎麼站在那邊？過來陪油條伯坐坐。」油條伯拉開身旁的板凳，「星野，給小光一瓶可樂，我請客。」

油條伯都點名了，小光只好過去陪他。

「小光啊，上次說要和你一起陪李大哥去看外婆，結果我醉到爬不起來，讓你一個人去，真是不好意思。」

「沒問題的，我認得路，一切都很順利。」小光說。

「外婆還好嗎？我也有一段時間沒去看她了。」

「外婆很好，她還認出李爺爺和我呢。」小光很高興的說：「連外公以前說的事她都記得。」

「真的嗎？」油條伯很驚訝，「原來老朋友一來，就什麼事都想起來了。」

小光搖搖頭，「不過只有半天的時間，晚上媽媽去看外婆，她又恢復老樣子了，還是認不得人。」

油條伯拍拍小光的肩膀，「沒關係，慢慢來，說不定李大哥多去幾次，你外婆會恢復得更快。」

小光低頭喝著可樂，不知道該說些什麼。

「對了，說到李大哥，沒想到這麼多年不見了，他還是很會喝。記得以前我和他拚酒，他都沒事，反倒是我每次都醉得不省人事，還要麻煩你外公送我回家。」油條伯提起往事，彷彿那是昨天才發生過的事。

「他前幾天來就喝醉了。」小光說。

「是嗎？我還以為他千杯不醉呢。」油條伯說著，突然嘆了一口氣，「不過，這個人說也奇怪，喝酒的時候，大家都是好朋友，什麼都可以聊，但他就是不談自己的事。還有，你外公跟他的交情似乎好到比親兄弟還親，可是你外公去世時，他卻沒來弔唁，連一通電話也沒有，好像從這個世界消失了一樣。」

「聽小光說，我岳父還留了一罈自己釀的酒給他。這樣看來，他們一定是很好的朋友。」光爸說。

「唉！阿倫真不夠意思，都老鄰居了，就沒留一罈酒給我。」油條伯好像生氣，但其實並沒生氣的說。光爸有些尷尬的打圓場：「可能是我岳父不希望因為他的酒，而讓您和油條娘吵架吧。」他知道油條娘不太喜歡油條伯喝酒。

「說得也是，不過她現在管不到我了，哈哈！」油條伯大口喝著啤酒。

「小光，記得以後娶老婆，要娶一個不會管你的人喔。」油條伯對著小光擠眉弄眼。在燈光的反射下，小光卻看見油條伯的眼眶泛著淚光。

他知道油條伯還是很想念油條娘，即使她已經不在身邊。那一瞬間，小光彷彿看見年輕的油條伯正唸著李白的詩，想逗年輕的油條娘開心。

不知道當年李白寫下〈怨情〉的時候，有沒有想過將來的某一天，這首詩會讓兩個陌生人結下一段恆久的緣分？

【前臺定場詩】

〈怨情〉

美人捲珠簾，深坐顰蛾眉。但見淚痕溼，不知心恨誰？

【明月來照亮】

有個美人兒，捲起窗上的珠簾，雙眉緊緊皺著的坐在房間裡。只見她臉上潤溼著淚痕，不知道是在怨恨哪一個人？

【無敵大補丸】

如同電影鏡頭的停格技巧，在視覺摹寫中，也讓主角的心情一覽無遺，而末句使用的設問法，則令人有更多的想像空間。

誰家玉笛暗飛聲？散入春風滿洛城

晚上吹笛子，會擾人清夢呢！

這個夜裡，大概是喝了太多可樂，小光竟然失眠了，他躺在床上，偶爾翻身看著時鐘的分針秒針不停的向前奔跑，愈看心愈慌。

畢竟，整個城市都睡著了，卻只有他醒著，彷彿被什麼東西阻隔在外似的。然而愈努力想入睡，就愈清醒，煩躁的感覺讓小光不得不離開被窩，悶悶的坐到書桌前。

小光扭開檯燈，隨意翻閱著李白的書，因為明天就是李白小組的第二次會議。雖然每個人都有負責的範圍，但小光身為組長，他還是必須多讀一點李白

的故事才行。

二十四歲的李白離開從小長大的蜀地後，在全國各地旅行了十六年，足跡遍及大江南北。這段期間，他行俠仗義；他隱居山林；他求仙訪道；他謁見官員……雖然這些經歷讓他散盡千金、被人迫害、受人嘲笑，但仍澆熄不了心中遠大的抱負，期望能得到唐玄宗的賞識，為這個時代，為國家百姓謀求更多的福利……

書裡的一字一句，讓小光嚇了一大跳，這些內容不就是那天李白對孟浩然說的經歷嗎？

小光覺得背脊一陣發涼，他揉揉眼睛想再看一遍，可是眼前的文字竟變成了一張張幻燈片，在他面前翻飛……

藏在樹叢後方的詭異祕道；在緊急煞車的公車上安然無恙；失智的外婆忽然恢復正常；外公去世時，李爺爺像是從世上消失……一幕幕情節如同走馬燈似的閃過。

不可能的，小光拚命告訴自己這只是巧合，就像外婆說的「日有所思，夜有所夢」一樣，畢竟這段時間他花了太多精神在李白的身上。

或者，說不定這些故事其實在他很小的時候就已經聽外婆說過，只是後來忘記了。而且，他曾經去異空間那麼多次，他很確信那些古人並不會跑到現實世界。

應該是自己想太多了，小光用力拍拍臉頰，想讓自己更清醒一些，報紙也說過失眠很容易導致神智不清。此外，他想到要是真的把遇到李白的事說出來，還有郭子儀、孟浩然，可能米其林和大亨會以為他用腦過度，跟機車王一樣，腦袋打結了吧。

好不容易從紛亂的思緒中脫身，小光決定放開李白的故事，換成詩集，他覺得在長長短短的詩句中，比較能專心。

小光翻閱著李白詩集，他看到了這些日子以來，其他人隨意就能唸出口的詩，一首首在眼前展現。他知道李白是著名的詩人，卻沒想過連日本來的星野叔叔，及賣油條的油條伯都受到李白的感動或影響，這實在是太神奇了。

最後，小光的目光停留在〈春夜洛城聞笛〉這首詩：「誰家玉笛暗飛聲？散入春風滿洛城。此夜曲中聞折柳，何人不起故園情。」

突如其來的熟悉旋律在他的腦海中響起，輕輕柔柔的，像海浪一般，引領小光回到了那天上課的情景。

當時，秦老師說這是李白夜宿在洛陽時寫的詩，一首關於想念家鄉的詩，老師還教他們唱詩呢。

「陣陣悠揚的笛聲，不知道是從誰家傳來的，這柔美的樂音飛遍了整個洛陽城。就在這個夜裡，聽到了這首哀傷的〈折楊柳〉，誰能不被這曲子勾起思鄉之情呢？」秦老師當時是這樣解釋的。

正當大家努力感受著詩裡的鄉愁時，機車王忽然舉手了。

「王轍，你想說什麼呢？」秦老師問。

「我是在想，要是〈折楊柳〉換成〈折楊桃〉，李白應該就會很開心了吧？」機車王自以為幽默的說。

全班聽了笑得東倒西歪，連秦老師也好氣又好笑，不知如何是好。

「因為楊柳只能插在背包裡當裝飾，楊桃還可以解渴，比較實際。」機車王

繼續發表他的高見。

秦老師看著大家說：「你們知道為什麼這首離別曲叫〈折楊柳〉而不是〈折楊桃〉嗎？」

全班忍住笑意的搖搖頭。

秦老師說：「其實，『折柳』是一首離別的樂曲，因為『柳』的讀音很像『留』，所以『折柳』就表示『留客』的意思。古代的人離別時，都會折一支楊柳送給對方，代表著不捨和祝福。所以，如果你和最好的朋友要分離了，你希望對方送你想念的楊柳？還是解渴的楊桃呢？」

「送我線上遊戲的點數就可以了。」機車王大聲回答。

「大家應該都巴不得你趕快離開地球，送你一卡車的楊桃。」米其林撇撇嘴說。

「啊！謝謝大家啦。那我會分你幾顆，免得你口渴……」機車王也不甘示弱。

就在機車王和米其林你來我往的鬥嘴中，小光記得當時自己還很慎重的在課本上寫下：「折柳就是想念」。

這時，遠方忽然傳來了幾聲狗吠聲，將小光的思緒拉回到此刻。

他起身走到窗邊，想聽得更清楚一些。

嘟嘟已經失蹤快兩年了，雖然有很多相同經驗的人告訴他，時間過了這麼久，想找回嘟嘟就像大海撈針，幾乎是不可能的事。不過小光從沒放棄過，他一直告訴自己嘟嘟一定會回來的。

所以，只要在路上見到白色的狗狗，或是聽到類似的狗叫聲時，小光都會停下腳步，看個仔細，機會雖然渺茫，但都有可能讓他找回嘟嘟。

只是，一次次的希望換來了一次次的落空。

狗吠聲停歇了，小光落寞的走回書桌前坐下，不知怎麼的，他忽然從鉛筆盒裡拿出最喜歡的一支筆，試著敲敲書桌的邊緣，就像兩年前他用外婆給的湯匙敲著這張書桌一樣。

叩！叩！曾經，那把有著神奇魔力的湯匙，幫他敲開了異空間的大門，讓他再次見到嘟嘟；可是這個夜裡，無論他再怎麼敲，除了回聲之外，什麼也沒改變。

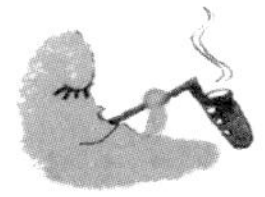

匡的一聲，放在書桌前夾著嘟嘟照片的相框忽然倒下了，小光趕緊扶起相框，他看著白白小小的身影，圓圓的大眼睛和溼溼亮亮的鼻子，正呆呆的望著鏡頭。

這一刻，小光很想哭。

他終於明白〈春夜洛城聞笛〉這首詩了，因為夜裡飛散的笛聲，讓李白想起遙遠的故鄉；因為遠方傳來的狗吠聲，讓他想念著嘟嘟……

小光彷彿看見詩人就站在窗邊，遙望著看不見的遠方，就像他靜靜的坐在書桌前面，凝視著再也無法靠近的嘟嘟。

如果，如果真要離別的話，他一定要送一支楊柳給嘟嘟，不管牠知不知道楊柳的意思，不管牠會不會把楊柳啃得爛爛的，他要送牠，楊柳枝。

他要讓嘟嘟知道，他真的好捨不得牠。

【前臺定場詩】

〈春夜洛城聞笛〉

誰家玉笛暗飛聲？散入春風滿洛城。
此夜曲中聞折柳，何人不起故園情。

【明月來照亮】

陣陣悠揚的笛聲，不知道是從誰家傳來的，這柔美的樂音飛遍了整個洛陽城。就在這個夜裡，聽到了這首哀傷的〈折楊柳〉，誰能不被這曲子勾起思鄉之情呢？

【無敵大補丸】

開頭便用了「聽覺」摹寫，這笛聲美妙，卻似有若無。深夜時刻，不知是從哪裡傳來的笛聲，引起李白的思鄉之情，而他更用了聽覺「誇飾」，將整座城市以及讀者的心都包圍在濃濃的鄉愁之中。

郎騎竹馬來，繞床弄青梅

童年最早的戰爭，
就是騎馬打仗。

「少爺，你終於起床啦。」米其林看著小光說。

「不好意思，我睡過頭了。」小光一臉惺忪，幸好光爸出門前跑來搖醒他，否則大家等不耐煩了，一定會叫他自己看著辦。

「你再不出現，我就要去游泳了。」機車王高舉雙臂，做出自由式的划水動作。

「怎麼有猩猩在表演啊？」米其林故意說。

機車王哼了一聲，「誰是猩猩？你才是營養過剩的胖猴子。」

「你說什麼？」米其林氣得用力把鉛筆丟向機車王。

機車王迅速側身閃過飛來的鉛筆，「真險，還好我身手矯健，不然就慘遭毒手了。」

「好了，好了，我們開始吧。」小光把筆撿起來還給米其林，他可不希望第二次的李白會議跟上次一樣，一點進度也沒有。

「這是李白作品的目錄，請大家認領一下吧。」大亨把列印出來的資料攤在桌面上。

在場的人都伸長脖子看著。

「李白寫這麼多詩喔。」機車王說。

大亨推推眼鏡，「李白留傳下來的詩有九百多首呢，我挑的這些是比較有名的。」

「好，為了公平起見，先選先贏。」小光看著大家。

只見機車王迅速的用手指頭一點，篤定的說：「我要這首〈長干行〉。」

「你確定？」小光嚇了一跳。

因為機車王並不是主動的人，平常班上有什麼事需要大家幫忙的，他都是能閃多遠就閃多遠。

「沒錯。」機車王點點頭，「〈長干行〉很適合我，這應該是跟長長的竿子有關的詩吧，說不定李白很愛運動，就寫了一首撐竿跳的詩，剛好，很符合我本人陽光、健康的形象。」

「我早餐沒有吃很多，怎麼有一種噁心的感覺。」米其林拍拍胸口。

「你讀過〈長干行〉嗎？」大亨問。

機車王搖搖頭，「沒有，不過憑我跟李白這麼熟，沒問題的啦。」

只是，除了〈長干行〉，機車王沒有再認領其他的了，因為他說要把全部的精力放在這首詩，這樣才能完美的詮釋。

「這是〈長干行〉的詩，你看一下吧。」大亨把印出來的內容遞給機車王。

機車王慘叫一聲：「這麼長喔？有沒有搞錯？」

「還好吧，李白還有更長的詩。」大亨很認真的說明。

「等等，我看一下其他的。」機車王一把抽走大亨面前的資料。

他快速的翻閱，臉部的表情愈來愈沉重，「不公平，你們的詩都短短的，不是四句就是八句。」

「什麼不公平，都讓你先選了，還不公平嗎？」米其林沒好氣的說。

「拜託，我要演李白、又要讀這麼長的詩，怎麼可能？」機車王說得好像天都快塌下來的樣子。

「好吧，那我來負責〈長干行〉吧。」為了讓會議順利進行，小光只好接手機車王反悔的事。

「是你自己願意的喔，我可沒有逼你。」機車王樂得輕鬆。

小光點點頭。

米其林嘆了一口氣，「我們怎麼會這麼倒楣？」

「怎麼會倒楣？都已經有最佳男主角了，你還擔心什麼？」機車王大言不慚的說。

等分配好負責的詩後，米其林說她不想再跟機車王待在同一個空間，就回家了。大亨也說下午要去補習，不能耽擱太久。一心想當男主角的機車王則說

要去游泳，保持健美的體魄才能演出最帥的李白。

等到大家都離開後，小光的耳根子才清靜一些。他讀著大亨留給他的資料，其中還包括那首很長的〈長干行〉。

「妾髮初覆額，折花門前劇。郎騎竹馬來，繞床弄青梅。同居長干里，兩小無嫌猜。十四為君婦，羞顏未嘗開。低頭向暗壁，千喚不一回。十五始展眉，願同塵與灰。常存抱柱信，豈上望夫臺。十六君遠行，瞿塘灩澦堆。五月不可觸，猿聲天上哀。門前遲行跡，一一生綠苔。苔深不能掃，落葉秋風早。八月蝴蝶來，雙飛西園草。感此傷妾心，坐愁紅顏老。早晚下三巴，預將書報家。相迎不道遠，直至長風沙。」

原來「長干」是地名，而「行」是樂府詩的體裁，跟撐竿跳一點關係也沒有，小光終於明白。

這時，居酒屋的門被推開了，是剛採買完東西的光爸。

「大家都走了嗎？」光爸提著大包小包走進來。

小光起身去幫忙拿東西，「是啊，今天是分配要讀的詩。」

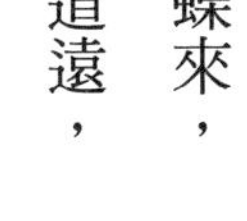

光爸走到桌邊一瞧，「是〈長干行〉耶。」

「爸爸知道這首詩？」小光問。

光爸點點頭，「每次看到這首詩，就特別有感覺，因為詩裡面的意思就好像在形容我跟你媽。」

「真的嗎？」小光很好奇。

「是啊，我跟你媽媽從小就認識了，我們是鄰居，而且是很近的那種，近到後門一打開就可以直通到對方的家裡。」

「這麼近？」小光想像著。

「沒錯，小時候大家都玩在一起，還把掃把當成馬，騎來騎去的玩騎馬打仗，真是美好時光啊。」光爸瞇起眼睛回想，一臉幸福的模樣。

騎掃把？小光想到的卻是巫婆，他真的很難想像他們兩個穿著巫婆裝，打來打去的模樣。

「當時大人都說我們兩個是青梅竹馬，不過我們年紀太小了，誰知道那是什麼意思，還以為是青梅冰棒和騎馬打仗呢。直到再長大一些，同伴都笑我們是

男生愛女生，那時候劃清界線都來不及了，哪會知道這就是緣分。」光爸說到最後臉都紅了。

「你小時候就喜歡媽媽了？」小光故意問。

「你媽是恰北北，每次打仗都把我們男生打得落花流水，誰敢喜歡她啊。」光爸說著哈哈大笑。

「媽媽小時候這麼凶喔？」小光睜大眼睛。

「是啊，尤其她打我打得特別用力，沒辦法，我跑不過她。」光爸心有餘悸的說。

「可見媽媽對你特別『好』喔。」小光話中有話。

「沒錯，『好』到即使我們家後來搬走，兩家幾乎沒聯絡了。可是多年以後，有一天，我在路上一眼就認出你媽，她給人的印象實在是太深刻啦。」

「媽媽還記得她小時候恰北北的事嗎？」

光爸大笑著說：「記得啊，她還說『打是情、罵是愛』，因為她實在太愛我了，所以下手就重了一點，哈哈。」

「你們兩個真肉麻。」不知怎麼回事，小光也覺得有點不好意思。

「小鬼，」光爸揉亂小光的頭髮，「這是我們父子倆的祕密，不能跟你媽說喔。」

「沒問題。」小光保證，「真沒想到李白會寫出這樣的詩，我還以為他不是寫喝酒、就是寫別離的詩。」

「李白很厲害的。像〈長干行〉，他就是用女生的口吻去敘述一個女人的一生。」光爸說。

豪氣的李白變身成溫柔的李白，小光真的很難想像。

「不過，這首詩的後半段，就跟我和你媽的情形相反了。你媽是在外面打拚的職業婦女，我則是家庭煮夫，所以要把詩裡面的『望夫臺』改成『望婦臺』才對。」

小光看著爸爸笑咪咪的讀著李白的〈長干行〉，忽然想到當年媽媽在玩騎馬打仗的時候，說不定就是拿著一支長竿，直接敲中了爸爸的心吧。

【前臺定場詩】

〈長干行〉

妾髮初覆額，折花門前劇。郎騎竹馬來，繞床弄青梅。
同居長干里，兩小無嫌猜。十四為君婦，羞顏未嘗開。
低頭向暗壁，千喚不一回。十五始展眉，願同塵與灰。
常存抱柱信，豈上望夫臺。十六君遠行，瞿塘灩澦堆。
五月不可觸，猿聲天上哀。門前遲行跡，一一生綠苔。
苔深不能掃，落葉秋風早。八月蝴蝶來，雙飛西園草。
感此傷妾心，坐愁紅顏老。早晚下三巴，預將書報家。
相迎不道遠，直至長風沙。

【明月來照亮】

當我年紀還小的時候，頭髮才剛剛蓋住額頭，折了花在門前玩耍，你騎竹馬來，手裡拿著青梅，繞著井欄玩耍。我倆都住在長干里，天真無邪的好開心。到了十四歲，我嫁給你，當時我很害羞，不敢笑，常常低著頭望向牆壁。雖然你一直呼喚著我，但我總是不肯回頭。等到十五歲，我才敢展露歡顏，期望和你白頭偕老，像信守尾生的承諾般永遠相伴，怎知道有一天要走上望夫臺呢？我滿十六歲時，你出門遠行，五月瞿塘峽口的灩澦堆，正是江水高漲、狂風駭浪的時候，那樣的危險，連猿猴的驚啼聲也能響徹雲霄，實在令我很擔心。你臨走前印在門前的足跡，如今都長滿了青苔。而且因為時間太久，苔痕都變得很深了，怎麼掃都掃不掉。看到樹葉飄落，更覺得秋天來得特別早啊。八月了，一對對蝴蝶在西園草上飛舞著，這情景讓我傷心，卻只能孤單的坐在這裡等你到老。無論何時你從三巴啟程歸來，請一定要先捎封信回家。再遠的路我也不怕，我願意到長風沙去迎接你。

【無敵大補丸】

從兒時的兩小無猜，到望君早歸的商婦，李白用映襯技巧，描寫了女人的一生。

「十五始展眉，願同塵與灰」是譬喻，期望兩人的感情能夠永遠。「常存抱柱信，豈上望夫臺」是引用，將尾生的誓約化作自己的誓言。「八月蝴蝶黃，雙飛西園草」借著雙飛的蝴蝶，來對照自己的孤單。「相迎不道遠，直至長風沙」是空間的誇飾，也標示出思念之情綿延不盡。

飛流直下三千尺，疑是銀河落九天

銀河是夜空中
最璀璨的長河。

黃昏時，小光拉著長長的水管到花園裡澆花，那是外婆最鍾愛的角落，尤其是那棵朱槿花，外婆搬去快樂社區之前，不只一次叮嚀小光要幫她好好照顧。只是到了後來，小光幾乎忘記外婆交代的事，或許是因為嘟嘟不會再去花園尿尿了，他也就漸漸忽略。直到那天和李爺爺去看外婆時，外婆提到朱槿花的祕密，小光才想起澆花的工作。

「小光在澆花啊？」星野走到小光的身邊。

小光有些不好意思，「我應該要記得澆花的，只是不知道為什麼常常忘記。」

「沒關係，我記得就好啦。」星野幫忙拉拉水管，「其實，我很喜歡澆花，因為可以親眼看見植物的變化。」

小光不明白。

「比方說這些會開出藍色小花的藍星花，」星野指著其中一盆盆的綠色盆栽，「通常陽光照射了一天後，它們就會懶懶的，枝葉都縮在一起，好像熱到快要暈倒的樣子。但神奇的是，只要澆水之後，沒多久，那些萎靡的枝葉就會全部張開，感覺好像很舒服。」

「真的嗎？」小光覺得很神奇。

「尤其是灑過彩虹雨之後，它們會更開心。」星野形容著。

「彩虹雨？」小光茫然的望向晴朗的天空，「你是指下過雨之後的彩虹嗎？」

星野神祕的微笑著，他接過小光手中的水管，捏住出水口，原本一道如泉湧般的流水，瞬間變成了扇形的水珠瀑布。

「注意看嘍。」星野調整手勢，讓水珠瀑布由高往下的灑入花園內，在陽光的照射下，原本透明的水珠竟然折射出彩虹的光亮，就像綴滿星星的瀑布。

「日照香爐生紫煙，遙看瀑布挂前川。飛流直下三千尺，疑是銀河落九天。」忽然從他們的身後傳來一首詩，小光和星野回頭看，竟然是李爺爺。

「李老爹，您來啦。」星野連忙打招呼。

乍見李爺爺的小光，突然有些不知所措，明明知道眼前的人有可能就是真正的李白，可是，他不敢輕舉妄動，怕自己一不注意，就洩漏了這個天大的祕密。

「見到人怎麼不打聲招呼呢？」李爺爺似乎看穿了小光的心思。

「李爺爺好。」小光心虛的問好。

「李老爹，您剛才唸的那首詩聽起來氣勢很磅礡，是什麼意思呢？」星野問。

李爺爺撫著鬍鬚，緩緩的說：「陽光照耀在香爐峰的瀑布上，四周都升起紫色的霧氣，遠遠望去，有如長長的河流垂掛下來。飛奔而下的水流，似乎有三千尺那麼長，就好像銀河從天上最高處直往下落一樣。」

星野聽得點頭如搗蒜，「這首詩好有畫面感，我喜歡。這是誰的詩呢？」

「誰的？就是讓小光很頭痛的那個李白。」李爺爺意有所指。

「原來是李白，我愈來愈喜歡他了。」星野一臉崇拜的樣子。

「你們日本人對李白也有興趣？」李爺爺頗有興味的看著星野。

「我以前的老師說過，李白有一個好朋友就是日本人。」星野回答。

李爺爺側頭看著他：「你是說晁衡嗎？」

星野想了一下，「好像是……不過我只記得他的日本名字叫阿倍仲麻呂。他是日本派去唐朝的留學生，後來考上進士，還留下來當官。有一次他坐船回日本，途中遇上暴風雨，下落不明，李白就寫了一首悼念詩給他，叫〈哭晁卿衡〉。」

這是小光第一次聽到李白的詩名裡有「哭」這個字。

「李白一定很難過吧。」小光自顧自的說。

沒想到李爺爺卻大笑，「那時候大家以為晁衡淹死了，想不到他坐的船竟漂流到越南，還遇上了當地的海盜，聽說兩邊搏命下來死了不少人，不過這小子很幸運，最後平安回到大唐。」

雖然小光不知道晁衡是誰，但也鬆了一口氣，畢竟他看過李白提起吳指南的事時，傷心得快要哭出來的樣子。

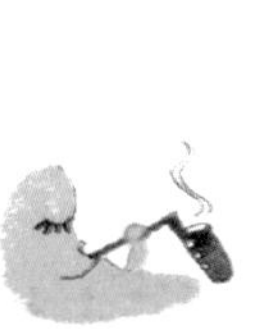

「這麼熱鬧，你們在聊什麼？」是光媽的聲音。

小光嚇了一跳，平常都忙到很晚才下班的光媽，今天竟然早早就回家。

「媽媽今天不用加班嗎？」小光很驚喜。

「怎麼不請李爺爺進去坐呢？」光媽連忙開門。

「我也是剛到。」李爺爺說。

走進居酒屋後，光爸和星野先招呼著李爺爺坐下，除了端上下酒的小菜，原本還想幫李爺爺準備冰鎮過的燒酒。

「那個就不用了，」李爺爺舉起配戴在腰邊的葫蘆，「我喝阿倫的酒就可以了。」

「咦？你今天怎麼這麼早就回來了？」光爸看著光媽。

「今天下午休假，臨時跑去看媽媽，因為媽媽最近在學畫，所以買了一些顏料和宣紙帶去給她。」

「外婆在學畫？」小光很驚訝。

「是啊。」光媽點點頭，「快樂社區幫老人辦了很多活動，有唱歌、插花、

書法、畫畫什麼的，外婆參加的是國畫班。」

「這樣外婆就不會無聊了。」小光說。

「這張畫就是外婆送給我的。」光媽拿起一紙捲起來的畫。

小光很詫異，「外婆想起你是誰了嗎？」

「當然沒有。」光媽苦笑著，一邊攤開外婆的畫，「外婆說謝謝我送她畫畫的材料，就送我這張畫作紀念。」

藉著居酒屋的昏黃燈光，攤展在小光面前的是一幅山水畫，遠遠的山形之間，籠罩著縹緲的雲霧，一道瀑布從高處流瀉而下，在陽光的照耀下，隱約透著金光……

「這個畫面好熟悉。」小光像是發現了什麼。

「你看過？」光爸問。

「我知道了！」星野大叫一聲，「就是李老爹剛剛唸的那首李白寫的詩嘛。」

「真的耶！就跟李爺爺解釋的內容一模一樣。」小光很興奮。

「什麼詩？」光媽不解。

「就是那個……」小光抓抓頭，「什麼三千尺……銀河落九天的……」

「是〈望廬山瀑布〉。」李爺爺一邊喝酒一邊說。

「沒錯，外婆畫的就是這首詩。」小光用力點頭。

「這真是太巧了，不知道老爹願不願意賞個光，在畫上題詩呢？」光爸忽然建議。

在大家的期盼中，李爺爺放下酒杯，起身走到山水畫的旁邊，盯著畫瞧了好一會兒，然後，他抬起頭看著大家，「如果不介意我在小靜的畫上題詩，那我就獻醜了。」

李爺爺的話才剛說完，星野就從櫃臺下方端出毛筆和墨水罐，「平常就用這兩樣東西寫菜單，沒想到這時候竟然可以派上用場。」

只見李爺爺提起毛筆、蘸上墨汁，行雲流水的在畫紙上寫下這四句詩：「日照香爐生紫煙，遙看瀑布挂前川。飛流直下三千尺，疑是銀河落九天。」

飄逸的字跡讓大家看得目不轉睛，那一瞬間，彷彿都走進了美好的詩畫裡面。

「謝謝老爹，我明天就拿去裱框，然後掛在居酒屋裡。」光爸很高興，「對了，還要請老爹落款。」

「『落款』？」小光聽不懂，「是要付錢給李爺爺嗎？」

李爺爺聽了大笑，「『落款』是指在完成作品後，作者在書畫上題署姓名、年月日的意思。」

他看著小光，眼睛裡似乎閃爍著奇異的光，然後提起毛筆，在詩句的後方瀟灑的寫下兩個字：

李白

【前臺定場詩】

〈望廬山瀑布二首〉其二　尋陽

日照香爐生紫煙，遙看瀑布挂前川。
飛流直下三千尺，疑是銀河落九天。

【明月來照亮】

陽光照耀在香爐峰的瀑布上，四周都升起紫色的霧氣，遠遠望去，有如長長的河流垂掛下來。飛奔而下的水流，似乎有三千尺那麼長，就好像銀河從天上最高處直往下落一樣。

【無敵大補丸】

前面兩句的視覺摹寫，有物有景有顏色，已是一幅漂亮的風景畫。末兩句再帶入長度的誇飾及譬喻技巧，更顯瀑布的氣勢非凡，也將眼界無限擴大。

落花踏盡遊何處？笑入胡姬酒肆中

要去哪裡唱歌呢？
不如去外國人經營的ＫＴＶ。

夜深了，小光扶著已經喝醉的李爺爺走出居酒屋，他覺得外公釀的酒應該是很烈的酒吧，否則李爺爺不會只喝了裝盛在葫蘆裡的酒後，就醉得步履蹣跚，因為幾天前的中午也是這樣。

那次他看到李爺爺和油條伯喝完居酒屋的酒後，李爺爺仍清醒得很，反倒是油條伯醉得連第二天都爬不起來。

「李爺爺，巷口就有計程車了。」小光攙扶著李爺爺。

「不礙事。」李爺爺一邊打著酒嗝，一邊豪氣的擺擺手，「幾步路就到了。」

「爸爸說坐車比較安全。」小光還記得上次他攙扶著李爺爺往牆上撞的經歷，像夢一樣，卻那麼真實，難道還要再來一次？他的步子愈走愈慢，幾乎要把李爺爺給拖住了。「那邊沒路了。」小光喊叫一聲，又急又怕。

李爺爺停下腳步，低頭看著小光，雖然夜色是那樣昏暗，可是李爺爺的眼睛竟是炯炯發亮，「我得回去啊。」剎那間，小光終於確定他一直不敢確定的事，「您，您是要回……唐，唐朝去嗎？」

李爺爺認真的看著小光，「你這孩子終於開竅啦？放手吧。」

李爺爺甩脫了小光，撥開樹叢走進去了，只見樹叢窸窸窣窣的晃動了一下，就靜止了，彷彿什麼事也沒發生。看著眼前深黑的樹叢，如鬼魅般的巨大黑洞，讓小光猶豫了好一會兒，他不知道是該大膽的走進去，還是轉身回家比較安全。

安全當然很重要，但他還有好多事想弄明白，他對於李白的故事有許多的好奇，他不能放棄這個機會。上次回到唐朝可以全身而退，這次應該也沒問題的。小光終於下定決心，深吸一口氣，快速的跟上去。

一陣亮光，螫得小光幾乎睜不開眼睛。

「我還以為你不來了！」是李爺爺的聲音。

小光眨眨眼，好一會兒才恢復正常，映入眼簾的是高聳的書架和滿滿的藏書。「這裡好多書啊，是圖書館嗎？」

「這裡是長安城皇宮裡的翰林院，有許多文學、醫卜、星相、書畫方面的人才都聚集在此，專門為皇上草擬文誥、詔令等文件。」李爺爺說。

「這裡是皇宮？」小光簡直不敢相信，他興奮的回頭，想問得更清楚一些，沒想到站在身邊的，竟然是年輕版的李爺爺，卻也是中年版的李白。

「你看起來，不太一樣……」

眼前的李白臉上多了一些皺紋和滄桑，看起來跟光爸差不多年紀。他記得上次回唐朝遇見孟浩然時，李白還很年輕。

「我收到詔書進入長安時，都已經四十一歲嘍，那次在黃鶴樓為孟夫子餞別，我才二十九歲。」

小光偷偷的用手指頭算了一下，沒想到這次進入異空間，時光已經推進了十二年。「原來如此，不過，您比孟大爺還幸運，終於有機會進入宮廷了。」小

光想起當時的孟浩然看起來有些失意。

李白卻苦笑著，「表面看來我是比很多人幸運了。在我進入長安之前，皇帝已經聽過我的名字和詩作；下詔請我入宮時，玉真公主和賀知章大人也對我讚譽有佳；等到我入宮，皇帝不僅親自到金鑾殿接見我，賜我坐上鑲著七彩寶石的寶座，還親自把羹湯吹涼後賞賜給我喝，並任命我為翰林供奉。」

「皇帝對你真好，可見你在他的心目中很有分量。」小光想像著。

「是嗎？」李白嘆了一口氣，拿起繫在腰邊的葫蘆，旋開蓋子，大口喝酒。

「剛開始我也以為是這樣，畢竟我是靠著才華，而不是通過科舉考試才被徵召到皇帝身邊的。但後來才明白，想像和現實還是有很大的差距。」

「為什麼？這不就是你的夢想嗎？」小光想起之前在書上讀到的李白，對政治充滿熱情，再多的挫折也擊不倒他，因為他最宏大的理想，就是為國家、為人民做事。

李白沒有回答，只是一口接著一口喝著葫蘆裡的酒，過了半晌才幽幽唸出：

「五陵年少金市東，銀鞍白馬度春風。落花踏盡遊何處？笑入胡姬酒肆中。」

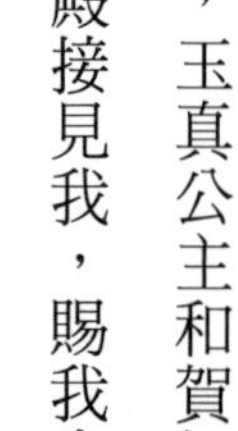

「這首詩是什麼意思呢？」小光不明白李白到底想告訴他什麼。

「這是我年輕時候寫的詩，叫〈少年行〉。當時，皇帝勵精圖治，任用張九齡、姚崇、宋璟等賢臣，一起創造了一個政治清明、百姓安居樂業的輝煌盛世。而且，由於絲路發達，全世界和大唐往來的國家已經有三百多個，那時候的長安城啊，不僅是世界上最大的城市，走在街上放眼望去，各種膚色的人都有，簡直就像個國際村。」李白回憶著，臉上滿是驕傲。

「那就是課本上說的『開元之治』嗎？」小光睜大眼睛。

「呃！」李白打了一個酒嗝，「沒錯，我在詩裡描寫的就是那個最美好的年代。那些五陵貴族少年，騎著配戴銀鞍的白馬，逍遙在長安城最繁華的金市裡。所有百花齊放、春風拂面、遊人聚集的地方，他們都已經去過了。此刻他們又要往哪兒去呢？原來是要到有著美麗胡人女子的酒家。」

這時，小光忽然想到一個很重要的問題，卻不曉得該不該開口。

帶點醉意的李白看著小光，「你這小子，想問什麼就問吧！」

小光有些不好意思的抓抓臉，「請問……唐朝女人真的是胖胖的嗎？」

李白聽了哈哈大笑：「雖然唐朝女人沒辦法瘦到像漢代的趙飛燕一樣，可以站在掌心跳舞，不過以大唐的選美標準來看：身形苗條，身材高䠷，皮膚白皙，不就是你們現代說的『健康美』嗎？而且，她們很多人都會騎馬，要是瘦得病懨懨的，馬一跑起來，坐在上面的人不就跟風箏一樣飛上天了？」

一匹奔跑的駿馬繫著一紙單薄的人形風箏，小光一想就覺得好笑。

「宣！李大學士覲見。」忽然有人在門外大喊。

「知……道……了。」李白一邊喝酒一邊回應著。

相似的情景是小光在電視上看過的，每次皇帝叫人去面見時，都是這樣演。難道……

「你要見的人是皇帝嗎？」小光著急的問。

李白搖搖晃晃的走到書櫃旁，伸手翻翻找找，最後拿起一個小竹簍，「這給你背著……呃……待會兒乖乖的跟著我走，千萬不要隨便亂看或是亂說話，記住了？」

小光緊張的直點頭，他才不想把人頭留在唐代。

【前臺定場詩】

〈少年行二首〉其二

五陵年少金市東，銀鞍白馬度春風。
落花踏盡遊何處？笑入胡姬酒肆中。

【明月來照亮】

那些五陵貴族少年，騎著配戴銀鞍的白馬，逍遙在長安城最繁華的金市裡。所有百花齊放、春風拂面、遊人聚集的地方，他們都已經去過了。此刻他們又要往哪兒去呢？原來是要到有著美麗胡人女子的酒家。

【無敵大補丸】

首句用五陵年少「借代」著貴族，第二句的銀鞍、白馬及春風，更強調了這一群人意氣風發的形象。第三句使用了「設問」，到底那些人要去哪裡呢？末句除了點出目的地之外，也表現了盛世的繁榮。

雲想衣裳花想容，春風拂檻露華濃

美麗的人
總是有很多聯想。

翰林院明明就在皇宮裡面，但要見皇帝，竟然還要走這麼遠的路，有點超乎小光的想像。這時，他想到要是有大臣忽然肚子痛的話，一定很可憐，因為跑也不是，不跑也不是，想到最後，小光不自覺的笑出聲，他趕緊摀住嘴，眼珠子左右瞄著，幸好，沒有人注意到。

其實，小光真的很想抬起頭把皇宮仔細看一遍，因為，能重返已經成為歷史的唐代，又能親身走進真正的皇宮，這對小光來說，是不得了的經歷。但隨即又想到李白的叮嚀，只好乖乖的跟著，深怕一不留神就麻煩了。

只不過，實在忍不住好奇心的他，偶爾還是會用眼角餘光偷瞄，他看見沿路兩旁的花草樹木修剪得非常整齊，好像是用尺量出來的一樣；還有，往來的人都是形色匆匆，沒有人聊天說笑，肅穆的氣氛讓他愈來愈緊張。

「李大學士，請往這邊走，皇上在『沉香亭』等您。」前面的人停下腳步。

原來是喝醉酒的李白轉錯方向了。

趁著轉彎的時候，小光大膽的回頭看了一下剛剛經過的地方，原來那些雄偉的雕梁畫柱，正是一座宮殿，富麗堂皇的宮殿上方匾額還題著「興慶宮」三個大字。

沒多久，他們來到了湖畔，一波波綠水在夕陽下蕩漾，閃爍著細碎的金光。再往前走，只見大朵大朵的花盛開著，純白的、粉紅的、紫紅的、豔紅的、嬌黃的，如一疋色彩繁複的拼布花田，在眼前蔓延。

小光認出來那是牡丹花，以前外婆帶他去逛花市時，就教過他怎麼辨識牡丹和芍藥的不同，還說了武則天因為喝醉酒而把牡丹趕出長安的故事。不過，在花市的牡丹花只有幾朵而已，小光心想要是外婆也能看到這麼壯觀的場面，

一定會很開心。這時，從前方傳來了悠揚的樂聲，小光偷看了一下，只見湖畔邊站立著一些拿著長形木片的人，正對著湖水上的亭臺演奏。

皇帝就在那裡嗎？小光覺得呼吸變得急促。

走到亭臺前方時，有人大喊：「李大學士到！」

「請他進來。」從亭臺裡傳來了低沉渾厚的聲音。

「李大學士請進。」年輕的侍從扶著醉眼朦朧的李白走進亭臺。

小光緊張得心臟都快要跳出喉嚨了，但他不敢抬頭，只能緊緊跟在李白身後。

「太白啊，你終於來了。朕想請你填個新詞，賞名花、對愛妃，這樣的良辰美景，要是還得聽李龜年唱那些老詞，就太煞風景了。」皇帝迎上前來。

李龜年？小光覺得腦中轟轟作響，他前幾天讀資料的時候，才看見這個名字啊。他是唐朝著名的音樂家與演唱家，很受唐玄宗器重，早年都在皇宮和貴族王府出入，只是在安史之亂以後，便流落他鄉，潦倒落魄了。

「這小娃是……」皇帝發現了陌生臉孔的小光。

「他是幫我撿詩的小奴。」李白說。

撿詩的小奴？那是什麼意思啊？不過小光可沒空想那麼多，他比較擔心的是，要是被唐玄宗趕出去，那就糟了，他可找不到回家的路啊。

「來人，準備闐白玉硯、象管兔毫筆、獨草龍香墨。」皇帝交代著。

「你會磨墨嗎？」李白低聲問小光。

小光點著低到不能再低的頭，他小心翼翼走到木桌邊，拿起小杓子，舀了一些清水倒在白色的硯臺上，然後拿起透著清香的墨條，輕輕的磨墨。

雖然小光緊張得全身都在發抖，但磨墨這件事還難不倒他，因為小時候就常常在外婆寫毛筆字時幫忙磨墨。

渾身散發著酒意的李白，拿起毛筆蘸上墨汁後，想都沒想的就在描著金花的紙箋上揮毫。小光很擔心李白會因為酒醉而亂寫一通，如果惹惱了皇帝，說不定就會砍下他這個小奴的頭。

「雲想衣裳花想容，春風拂檻露華濃。若非群玉山頭見，會向瑤臺月下逢。」

李白匆匆揮就，皇帝朗聲唸出，一邊點頭微笑。

這不是〈清平調〉嗎？

小光念幼稚園的時候，就常常聽外婆哼唱這些句子，他還以為那是外婆年輕時的流行歌曲，等到秦老師上課教到這首詩時，才知道是李白的作品。

「這首詩是李白為美麗的楊貴妃寫的。」秦老師解釋著詩的意思，「看見了彩雲，就想起她華美的衣裳；看見了花朵，便想著她姣好的面容。在春風吹拂著欄杆，露水濃厚的時候，她的姿態更是嬌豔了。如果不是在西王母所住的群玉山看見她，那就要在瑤臺的月光下才能相逢。」

小光嚇了一跳，手中的墨條差點就飛出去，因為他突然想到李白寫這首詩的時候，楊貴妃就在旁邊啊！強烈的好奇心讓小光真的很想抬頭看，只要能親眼目睹，就可以解開她到底胖不胖的千古之謎了。

小光一邊掙扎著要不要偷看，一邊調整著自己的位置，他移動腳步，沒料到竟撞上身後的人，小光原本想回頭道歉，還來不及說出口，就被人用力推開。一個重心不穩，踉蹌跌坐在地上。

「沒規矩的東西！」那個衣著華麗，高大威猛的男人，怒氣沖沖的瞪著小光。

小光嚇得全身癱軟，忽然傳來女人說話的聲音：「高將軍，何必跟小娃兒一般見識呢？」溫婉輕柔的聲音，彷彿是一道舒暢的和風，讓緊張的場面立刻緩和下來。

小光不自覺的回頭看，斜靠在椅子上的，是一個非常漂亮的女人，她穿著一襲繡滿花樣的黃裙，淺綠色的透紗罩衫，烏黑的頭髮全攏在頭上，插著金步搖，耳畔有一朵粉紅色的牡丹，標緻的五官、纖穠合宜的身材，白玉般的肌膚，整個人閃閃發亮，讓小光都看呆了。

「還不趕快叩謝貴妃娘娘。」那人冷冷的說。

「謝謝貴妃娘娘，謝謝貴妃娘娘。」小光趴在地上一直磕頭，原來她就是楊貴妃。他覺得好開心好開心，楊貴妃真的好漂亮，而且一點都不肥。

「好了，好了，別壞了大家的興致。」皇帝走到楊貴妃身邊坐下，「龜年啊，就唱這首新詞來聽聽吧。」皇帝交代侍從把寫著〈清平調〉的金花箋拿給李龜年。

小光終於親眼看到唐玄宗了，原以為皇帝都是很威風帥氣的樣子，戲臺上都是這樣演的，沒想到，眼前的人看起來只像是個上了年紀的讀書人，髮鬢斑

白，有些憔悴與疲憊。小光看著他，忽然覺得有點不忍，好想告訴他，你要當心啊，不久之後，會發生一場驚天動地的大戰爭。你最寵信的安祿山背叛了你，你只好帶著貴妃逃亡，卻在走到馬嵬坡的時候，六軍不發，要求你處死貴妃……可憐的貴妃娘娘。

告訴他，告訴唐玄宗，也許楊貴妃就不會死去了，也許歷史就會改變了，也許……

「汪！」突然傳來一聲狗叫聲，小光驚訝的抬頭，他發現女人懷中抱著的一團白色毛球，竟然是一隻白色小狗，圓圓亮亮的黑眼睛，正好奇的盯著他看。

「汪！汪！汪！」小狗站起身，對著小光愈叫愈興奮，尾巴搖得跟波浪鼓一樣。小光揉揉眼睛，他真不敢相信，那隻狗的長相和叫聲竟然跟嘟嘟一模一樣。

小狗奮力掙脫楊貴妃的懷抱，跳下來直撲到小光身上，拚命舔著他的臉。

「沒想到這平日性格驕傲、從不理人的小獸，見到大學士家的小奴，倒恢復了本性哪。」楊貴妃一邊喝著用七彩玻璃杯裝盛的美酒，一邊笑著說。

小光緊緊抱住嘟嘟。久別重逢的嘟嘟，他開心得都快哭了。

【前臺定場詩】

〈清平調三首〉其一

雲想衣裳花想容，春風拂檻露華濃。
若非群玉山頭見，會向瑤臺月下逢。

【明月來照亮】

看見了彩雲，就想起她華美的衣裳；看見了花朵，便想著她姣好的面容。在春風吹拂著欄杆，露水濃厚的時候，她的姿態更是嬌豔了。如果不是在西王母所住的群玉山看見她，那就要在瑤臺的月光下才能相逢。

【無敵大補丸】

整首詩運用聯想法，看見雲彩便想到了華麗的衣裳；看見牡丹便想起了美麗的容貌，實與虛交融之間，讓楊貴妃的形象更具體了。群玉山與瑤臺的典故，則讓對象可望而不可及，產生了距離的美感。

第三章

永恆的約定

只愁歌舞散，化作彩雲飛

曲終人散，容易讓人感傷。

終於抱住嘟嘟了，溫暖而熟悉的體溫，久違的重量，小光再也不想放手了。

「小光。」恍惚之間，小光覺得有人推著他，叫他的名字。

一抬頭，看見了光爸。怎麼光爸也來到了唐朝？他心中一驚，環顧四周，並不是皇宮，也沒有嘟嘟，只有他自己一個人，靠著那片牆壁蹲坐著。

「你怎麼一個人蹲在這裡？李爺爺呢？」光爸有點擔心。

「李爺爺已經回去了。我，覺得有點累……」小光站起身。

光爸摸摸小光的額頭，「這樣啊，該不會是中暑了吧？天氣太熱了，我們回家去休息，早點睡吧。」

回家後，小光跟大家道晚安就回房間了，他靜靜的坐在書桌前面，看著嘟嘟的照片，努力感受著剛剛抱過嘟嘟的感覺。

彷彿兩年前的經歷一樣，每次他拿著湯匙回到異空間時，總是可以找到嘟嘟，而且每一次的感覺都好真實，只是，當幻境消失以後，嘟嘟也就不見。原以為沒有了湯匙，就再也見不到嘟嘟，沒想到這次回到唐代，竟然在楊貴妃的懷抱中發現嘟嘟，而嘟嘟似乎也認出他來了，這究竟是怎麼一回事？

鈴……一陣尖銳的吵雜聲如千軍萬馬般敲打著小光的耳朵，嚇得小光跳起來，原來是床頭的鬧鐘響了，而他竟趴在書桌上睡了一整夜。

「唷呼！小光！起床沒？太陽照屁股啦！」這時有人在外面大喊。

是機車王的聲音，小光覺得很丟臉，趕緊跑去開門。

「現在還沒九點吧。」小光看著手錶。

「早起的蟲兒有鳥吃啊。」機車王一點也不覺得自己來得太早。

「應該是『早起的鳥兒有蟲吃』吧。」小光說。

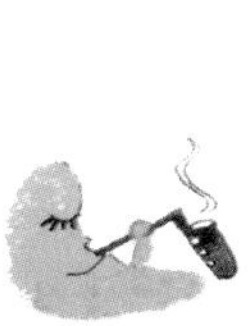

「差不多啦，反正不管是誰吃誰，牠們都不會介意的。」機車王走進居酒屋後，拿出早餐就開始狼吞虎嚥的吃著。

「小心噎到，我又不會跟你搶。」小光皺了皺眉頭。

「我要趕快吃完，趕快消化，免得看到某人就吃不下了。」機車王大口咬著三明治。

「你們兩個為什麼要吵不停啊？」小光知道機車王說的某人是誰，他覺得每次開會都要維持秩序很辛苦。

「哼！那個肥豬楊貴妃。」機車王邊說邊大口喝著冰紅茶。

「你說誰是肥豬？」米其林突然出現，在門口大吼一聲。

機車王嚇了一大跳，滿口的紅茶直接噴出來，不僅弄溼了整張桌子，還把自己嗆得臉紅脖子粗。

小光趕緊跑去拿抹布收拾殘局，機車王也忙著拿衛生紙擦拭身上的紅茶漬。

看著機車王的狼狽模樣，米其林冷笑一聲：「活該。」

「你在吼什麼啊？我是在說楊貴妃，又不是說你。」機車王不甘示弱。

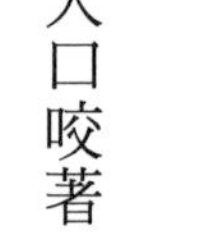

「已經在討論楊貴妃啦？」大亨剛好背著背包走進來。

機車王瞄著米其林，「楊貴妃本來就胖胖的啊，聽說她有九十多公斤。」

「拜託！你是親眼見過嗎？」米其林不以為然，「很多資料都說唐朝女人是比較豐滿的，這是因為唐朝人的審美觀比較健康。像漢朝的審美觀就喜歡瘦巴巴的女人，所以才會說『燕瘦環肥』啊，但也沒像你講得那樣誇張。」

「豐滿耶，都『滿出來』了，不就是肥肥胖胖的嗎？」機車王還是不肯罷休。

「楊貴妃長得很漂亮，而且好溫柔，聲音又好聽，真的不是像你想的那樣，我親眼……」小光急急的說。

「你說誰『滿出來』了？」米其林大喝一聲，打斷了小光的話。

小光這時才驚覺自己差點就把祕密脫口而出了，幸好半路殺出了米其林這個程咬金，否則他真不知道該怎麼解釋下去。

這時，大亨翻開手邊的資料，對大家說：「凡事要講究證據。這裡有一首詩，是李白當年奉命為唐玄宗所寫的，叫做〈宮中行樂詞〉，可以證明當時的美女並不會很胖。」

「真的嗎？」機車王擠過來看，還是不太相信。

「小小生金屋，盈盈在紫微。山花插寶髻，石竹繡羅衣。每出深宮裡，常隨步輦歸。只愁歌舞散，化作彩雲飛。」大亨唸出詩句，推了一下眼鏡繼續說：「據說李白當時寫了十首〈宮中行樂詞〉，不過目前僅存八首，這就是其中的一首。」

「看吧，李白都用『小小生金屋』來形容美女，可見唐朝女人並不胖。」米其林自顧自的說，其實是想用來堵住機車王的胡說八道。

「嗯，不過如果是你的話，就是『胖胖卡金屋』。」機車王自以為幽默。

「你說什麼？」米其林氣得把書朝機車王砸過去。

幸好機車王反應快，用手擋住了書，不過手臂也因此被K紅了一片，但，終於讓他閉嘴了。

大亨見情況緊急，趕緊把找到的資料推到桌子中間，「這裡有很多資料都提到，關於唐朝女人很胖的說法，其實是錯的。」

「是啊，我也有讀到。」小光也出聲緩和氣氛。

機車王心有餘悸的偷瞄著米其林，然後很大方的說：「那幫楊貴妃減掉二十

公斤好了。」

「幾公斤真的有那麼重要嗎？」米其林咬牙切齒的說：「我就覺得肉肉的人很、可、愛。」

「沒錯，沒錯，」小光也同意的說：「我爸都說我媽肉肉的，穿什麼衣服都好看，我也這樣覺得。」

大亨點點頭，「我哥也是肉肉的，走在他的旁邊就很有安全感。」

看到劍拔弩張的兩個人終於熄火了，小光接著說：「那麼，不知道大家想好這次舞臺劇的名字沒有？」

機車王第一個舉手，「我早就想好了，非常讚！叫〈阿凡白〉。」

「阿凡白？」大家都愣住了。

「是啊，李白不是『天上謫仙人』嗎？從天下掉下來的人當然就是外星人啦，他來到地球一定是為了要執行什麼任務，就像地球人去納美人住的潘朵拉星球一樣。」機車王說得頭頭是道。

米其林翻翻白眼，「要是李白是吸血鬼或是狼人，不就要叫〈暮光之白〉？無

聊。」

「我是覺得……可以叫〈詩無敵〉。」大亨忽然說。

「嘿！這個很酷！你怎麼想到的？」小光覺得很興奮，如果李爺爺知道他們的舞臺劇叫做〈詩無敵〉，應該會很開心吧。

「這個名字是杜甫帶來的靈感，李白跟杜甫是很好的朋友，杜甫寫過很多詩送給李白，而在〈春日憶李白〉這首詩中，開頭兩句就寫著『白也詩無敵，飄然思不群』，意思是說李白的詩是天下第一的，詩風飄逸是那樣的與眾不同。」

「我喜歡這個名字。」米其林點頭贊同。

「真的是很有氣勢啊。大家都能隨口唸出李白的詩，表示他真的是無敵厲害。那，我們就決定嘍？」小光看著大家。

「我的〈阿凡白〉呢？」機車王還是想爭取一些機會。

「等你以後演電影的時候就可以用啦。」米其林倒沒有生氣，似笑非笑的看著機車王說。

【前臺定場詩】

〈宮中行樂詞八首〉其一

小小生金屋，盈盈在紫微。
山花插寶髻，石竹繡羅衣。
每出深宮裡，常隨步輦歸。
只愁歌舞散，化作彩雲飛。

【明月來照亮】

美麗的黃金屋中，有一個很年輕的美少女；總是輕盈的出入在君王的居所。她將山中採來的野花點綴在髮髻上；穿著繡有石竹花樣的綾羅衣裳。因為受到寵愛，所以常伴隨君王從深宮中出外遊玩，歡笑一整天後，再跟著君王回到宮中憩息。年輕的她，沉浸在歌舞的歡樂之中，只是偶爾擔心，這些美好的事物，會化作天上的彩雲消失散盡。

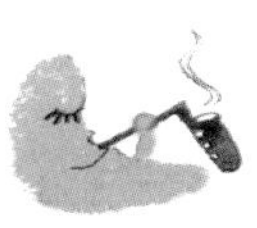

【無敵大補丸】

「小小」、「盈盈」是類疊，烘托出美女的輕盈嬌俏。全詩對仗工整，並運用視覺摹寫技巧，如同幻燈片，一格一格的展現了主角的形貌、生活，以及幽微的心事，末句的彩雲飛則引出世事變化無常之感。

天生我材必有用，千金散盡還復來

要是不努力，千金散盡就回不來了。

確定劇本的名稱叫做〈詩無敵〉後，小光覺得壓在心上的石頭重量似乎輕了一些，只要再把李白的作品巧妙的安置其中，這齣舞臺劇應該就會很精采了。

「舞臺劇是三十分鐘，我們要演李白的哪些重要階段呢？」小光問。

正當大亨準備把畫好的李白人生圖表拿出來時，機車王搶先舉手，「那還不簡單，就分成三個階段。」

「三個階段？」米其林不解。

「是啊，這樣剛好每一段演十分鐘，我也比較好發揮演技。」機車王解釋著。

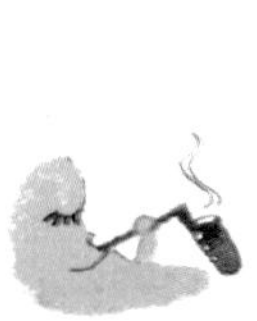

米其林聽了差點沒暈倒，但她不想再跟機車王窮攪和，於是問大亨：「你覺得呢？」

大亨推了推眼鏡，拿起筆在自己的圖表上畫來畫去，「李白的一生如果要大致區分，應該就是進宮前、在宮中、離宮後這三個階段吧。」

「看吧，我就說還有誰比我更了解李白。」有了大亨的加持，機車王滿面春風。

「那你呢？」米其林轉向小光。

小光也點頭同意。

原以為米其林會推翻這個論點，沒想到她只是聳聳肩說：「既然你們都這樣認為的話，我沒意見。」

第一次聽到自己的建議被採納，機車王很開心，於是再接再厲，「我突然想到有一首歌可以當主題曲，就是Jolin的〈愛無赦〉，很棒吧。」

「為什麼？」大家都一頭霧水。

「唐詩不是講究對仗嗎？我覺得〈詩無敵〉和〈愛無赦〉真的很相配！」機車王

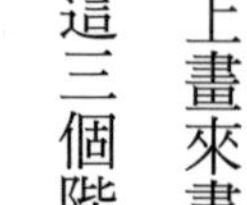

覺得自己實在太有學問了。

一陣鴉雀無聲後，米其林和大亨把整理好的資料交給小光，然後說要趕行程就離開了。

「唉！他們兩個真不懂欣賞。我能演戲又能跳舞，哪裡還找得到像我這麼多才多藝的人呢？」沒戲唱的機車王也只好背起背包回家。

正當小光一個人安靜的整理李白的詩作時，有人推門走進來了，小光抬頭看，竟然是李爺爺。

小光有點激動，他覺得能如此貼身的觀察一位古代詩人，實在是太神奇了。只是，每一次當他與李白同遊，又回到現代之後，總忍不住在心中想著，會不會再也見不到李白了？

而且，上次回去唐代之後，其實有個更大的懸念一直掛在他的心底。

「李爺爺！我……我見到嘟嘟了，那真的是嘟嘟嗎？牠好像真的認得我耶！為什麼牠會跑到楊貴妃那裡去？還是，牠是從楊貴妃那裡跑到現代來的？我都搞迷糊了。」

「呵呵呵。」李爺爺拍拍小光，「不管到底是怎麼回事，能見到嘟嘟總是開心的，不是嗎？只要還有緣分，就能再見面的啊。」

「那我，我還能把嘟嘟找回來嗎？」

「天機不可洩漏啊。」李爺爺沒有回答小光的話。他隨手拿起大亨的資料看了一下，「不得了，把我整理得那麼清楚。」

「那是大亨做的表格，他超會整理資料的。」小光解釋。

「不錯，不錯，大亨很適合當文書官。」李爺爺撫著鬍鬚稱讚著：「如果還有什麼不懂的地方，你也可以直接問本人。」

小光看著李爺爺，「我想問……那天，那個很凶的高將軍是誰啊？」

「高將軍？」李爺爺愣了一下。

雖然已經回到現代了，可是當時緊張的氣氛仍是讓小光心有餘悸。

「喔！你是說高力士啊。」李爺爺說。

「他就是高力士？」小光驚訝得闔不攏嘴。

小光在書中讀過這個被封為驃騎大將軍的高力士，是唐玄宗最信賴的宦官，

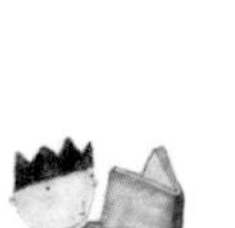

權位之高，不僅可以幫皇帝審閱大臣送來的奏章，連太子都要喊他一聲「二兄」，甚至讓不可一世的李林甫、楊國忠、安祿山等大臣也都極力巴結，玄宗甚至說過「只要高力士在，我就可以安穩睡覺。」這樣的話。

「那，高力士有幫你脫過鞋子嗎？」小光想到「力士脫靴」的故事。

他讀到過一段傳聞軼事，說是曾經有一次，李白喝醉酒，唐玄宗要他寫詩，李白仗著酒氣叫高力士幫忙脫靴子，還要楊貴妃捧硯臺，他才肯動筆。

李爺爺微笑著，「當時我喝得太醉，記不得了，不過，要是發生過的話，我應該會寫在詩裡面。」

李爺爺的回答，像是給了答案，又好像是沒有，小光正想再問個仔細時，李爺爺指著他手上的資料。

「這麼多詩都打勾了，為什麼這首〈將進酒〉沒有啊？」

「因為它有點長。」小光有些不好意思的說。

李爺爺拿起筆就在詩名的旁邊打了一個勾，「其他的詩我不管，但這首〈將進酒〉是一定要的。」

小光接過李爺爺遞來的資料，他看著上面的詩句：

「君不見黃河之水天上來，奔流到海不復回。君不見高堂明鏡悲白髮，朝如青絲暮成雪。人生得意須盡歡，莫使金樽空對月。天生我材必有用，千金散盡還復來。烹羊宰牛且為樂，會須一飲三百杯。岑夫子、丹丘生，將進酒，杯莫停。與君歌一曲，請君為我傾耳聽。鐘鼓饌玉不足貴，但願長醉不願醒。古來聖賢皆寂寞，惟有飲者留其名。陳王昔時宴平樂，斗酒十千恣歡謔。主人何為言少錢，徑須沽取對君酌。五花馬，千金裘，呼兒將出換美酒，與爾同銷萬古愁。」

「為什麼一定要選這首詩呢？」小光不明白。

李爺爺看著小光，眼神卻深幽得如一潭湖水，幾乎看不見盡頭。「人生得意的時候就是要盡情享樂，把空酒杯對著明月實在是太辜負這美好時光。要知道上天生了我這個人，一定會有用處的，即使把千兩黃金都花光之後，它們還是會再回來的啊。」

小光聽得一愣一愣的，雖然不太明白這首詩對李爺爺的意義到底是什麼，不過，他感覺到詩裡面似乎有一種笑傲人間的灑脫。

彷彿要經歷很多事之後，才會有的了悟。

這時，李爺爺起身走到牆角邊，拿起竹掃把，竟然開始揮舞起來。

小光一臉錯愕，不明白李爺爺幹麼要拿著掃把在那邊揮來揮去，是在打蒼蠅嗎？

突然，在舞動的身形中，李爺爺竟變成了一個十五、六歲的少年，手中的竹掃把在快速移動的光芒裡幻化成一把長劍。小光揉揉眼睛，想看得更清楚一些……

原本的居酒屋不見了，只見周遭環繞著高聳的樹木，遠方傳來轟隆隆的瀑布聲，一個青春當好的年輕俠客，正用手中的劍，舞出壯志凌雲的明天。

在劍影的起落中，小光彷彿聽見李白在他的耳邊說：

「天生我才必有用。找到自己的才能，就能發掘生命的價值，才能成就獨一無二的人生。」

【前臺定場詩】

〈將進酒〉

君不見黃河之水天上來，奔流到海不復回。
君不見高堂明鏡悲白髮，朝如青絲暮成雪。
人生得意須盡歡，莫使金樽空對月。
天生我材必有用，千金散盡還復來。
烹羊宰牛且為樂，會須一飲三百杯。
岑夫子、丹丘生，將進酒，杯莫停。
與君歌一曲，請君為我傾耳聽。
鐘鼓饌玉不足貴，但願長醉不願醒。
古來聖賢皆寂寞，惟有飲者留其名。
陳王昔時宴平樂，斗酒十千恣歡謔。
主人何為言少錢，徑須沽取對君酌。
五花馬，千金裘，呼兒將出換美酒，與爾同銷萬古愁。

【明月來照亮】

你沒看見那黃河的水，從天上傾瀉下來，一直奔流到東海永不復返嗎？你沒看見在高堂明鏡前，為長出的白髮而感到悲傷嗎？早晨秀髮還像青絲一樣的烏黑，到晚上就滿頭白髮了。人生得意的時候要盡情享樂，不要讓那金杯空對著明月。要知道上天生了我這個人，一定會有用處的，即使把千兩黃金都花光之後，它們還是會再回來的啊。為了眼前的快樂，殺牛烹羊吃個痛快吧，而且一定要喝三百杯酒。岑夫子，丹丘生，請不要放下酒杯，盡情的喝吧。我來為你們唱一首歌，你們可要仔細聽：美妙的音樂和珍貴的食物都不需要珍惜，我最希望的是可以永遠喝醉，再也不用醒來。自古以來的聖賢豪傑都是默默無聞，只有飲酒豪客才能留下美名。想當初陳思王曹植在平樂觀設宴席，痛快喝著每斗值十千錢的昂貴美酒。不用害怕我沒有錢買酒，你只需要開心的乾杯就行了。我已將名貴的五色馬及狐裘，交給僮僕去換錢買酒了，我們就痛快的暢飲，消除無窮無盡的憂愁與煩惱吧！

【無敵大補丸】

黃河奔流入海，是空間的極度誇飾；青絲變成白髮，是時間的極度誇飾，這首詩一開始就展現了令人震懾的氣勢。「岑夫子，丹丘生」、「五花馬，千金裘」使用了對等的詞句，也讓音節更鏗鏘有力。「陳王昔時宴平樂，鬥酒十千恣歡謔。」透過典故，對照出李白的懷想與豪爽性格。

兩岸猿聲啼不盡，輕舟已過萬重山

太想回家了，
如果能用飛的就更快了。

類似的話，外婆以前也對小光說過，那時候小光的成績大都是排在全班的後半段，可是，曾經是小學老師的外婆，卻從不以分數來要求小光，總是對他說：「無論將來你想成為什麼樣的人，一定要先找到自己的才能，再專心投入，這樣不僅會比較開心，也會比別人更容易成功。」

小光起初不清楚成績總是掉車尾的自己，能有什麼才能，直到秦老師發現他知道的成語故事比班上其他人還多，並選他當成語小老師時，小光才漸漸明白自己在這方面的天分，而且也比以前更有自信了。

此刻，再聽到李爺爺說的話，突然間，他似乎可以了解李爺爺為什麼堅持要選〈將進酒〉了。因為，李白雖然無法在政治上一展長才，但他卻以最傲人的文學才華，讓自己在歷史上發光，連一千多年之後的小學生，也能對他的詩琅琅上口，這樣的獨一無二，根本沒有第二個人能做到。

「李爺爺，我懂了……」小光想告訴李爺爺自己的心得時，一抬頭，才驚覺居酒屋裡只有自己一個人。而且，他發現連〈將進酒〉前面的勾勾也不見了，小光揉揉眼睛仔細再看一遍，明明看見李爺爺拿起筆勾選，說這首詩是一定要的，怎麼一下子就連畫過的痕跡也消失了？

小光覺得納悶，但還是拿起筆慎重的在〈將進酒〉的前面打了一個勾。

當他正想把選出來的詩都填進筆記本時，無意間瞥見注記在筆記本上方的還書時間。小光轉頭看了一下牆上的月曆，才發覺今天是最後期限，於是趕緊拿出背包，將一個月前從圖書館借出來的李白相關著作放進去。

時間過得很快，他必須歸還這些書了。小光將沉甸甸的一包書背在背上，踏出家門的時候，心裡有種很奇特的感覺。一個月以前，李白對他來說是那樣

陌生而遙遠，如今，他和化身李爺爺的李白一起看過外婆；又和青年李白一起送別孟浩然；還隨著中年李白解救了郭子儀，進宮謁見了唐玄宗和楊貴妃。這一切是那麼不可思議，如今，結束的時候到了嗎？

「嗨！小光。」茉莉阿姨微笑著，對櫃臺前的小光打招呼：「來還書啊？」

「茉莉阿姨好。」小光把一疊書放在櫃臺上，等著茉莉阿姨清點。

圖書館裡，依舊坐著許多閱讀的老人，還有放暑假的孩子。有個老爺爺很苦惱的把手中的書翻給茉莉阿姨看，他說他昨天看過這本書，內容怎麼不太一樣？他堅持一定是茉莉阿姨拿錯書了。茉莉阿姨示意小光等一下，小光很能理解的把書抱到閱覽桌上等待。這位老爺爺令他想到外婆。

為了打發時間，小光隨意翻開其中一本沒仔細讀過的李白故事，突然，兩個突兀的字跳進他的眼裡：「死刑」。

他記得關於李白的死亡，有兩種說法，一種是病死的；一種是捉月落水，而他竟沒留意到李白曾被判處死刑。他認真讀下去，李白好不容易進到長安城，一年半的時間，除了看見朝廷被只愛楊貴妃的唐玄宗及玩弄權力的小人糟蹋得黑暗腐敗之外，竟然還被讒言陷害。當他向皇帝提出歸隱山林的請求時，曾經把他奉為上賓的唐玄宗，連挽留都沒有，給他一筆錢後就讓他離開。

沒多久，爆發了讓大唐帝國由盛轉衰的「安史之亂」。唐玄宗帶著楊貴妃倉皇逃命，玄宗的兒子起兵想要平定作亂的安祿山與史思明。李白原以為跟著銜玄宗之命的永王璘可以有一番大作為，沒想到後來繼位的唐肅宗卻因猜忌，而殺死這個同父異母的兄弟，李白也因此受到牽連，被判處死刑。

雖然有許多官員想要救李白，但唐肅宗都不同意，直到平定安史之亂的大功臣郭子儀鼎力相救，李白才由死罪改為流放。在前往流放地夜郎的途中，朝廷傳來大赦消息，這讓已經經歷了十五個月流放日子的李白終於獲得自由，在奉節僱船回鄉時，他寫下了〈早發白帝城〉這首抒發心情的詩。

「朝辭白帝彩雲間，千里江陵一日還。兩岸猿聲啼不盡，輕舟已過萬重山。」

「一早我離開了彩霞繚繞的白帝城，坐著船順流而下。船就像箭一般的飛馳，才一天的時間，就到達遠在千里之外的江陵。江水兩岸的猿猴啼叫聲，好像還在耳邊，船卻已經輕快的繞過一座座高山了。」小光一字一字的讀完附注在

詩後的解釋。

原來是這樣的一場驚險經歷，當李白獲知自己被判死刑時，該有多麼震驚，多麼沮喪啊？這時，小光突然想到自己知道李爺爺的真實身分就是李白後，每次見到他時，唐代的時間就會再推進十多年。那麼，如果能在此刻見到李白，說不定就能告訴他，不要驚惶，千萬不要擔憂難過，一定要挺過去。當年在微寒中被他救過一命的郭子儀大將軍，就是他的救命貴人啊！

小光立刻從圖書館跑出來，一路往熟悉的樹叢跑去，他已經進去過兩次了，一定還可以再進去第三次。

沒想到，當他衝進樹叢的時候，直直撞上的是厚厚實實的圍牆，痛得他摀著胸口退到樹叢外面。他再向後退了一些距離，心想要是自己的速度再快一些，也許就可以穿過去。砰！這次撞上圍牆的力道更大，幾乎要把小光全身的骨頭都撞散了，他翻倒在地，怎麼使力都站不起來。

「李爺爺，不會有事的，郭子儀一定會救您的……李爺爺，不會有事的，郭子儀一定會救您的！」小光用盡全力大喊。

【前臺定場詩】

〈早發白帝城〉

朝辭白帝彩雲間，千里江陵一日還。
兩岸猿聲啼不盡，輕舟已過萬重山。

【明月來照亮】

一早我離開了彩霞繚繞的白帝城，坐著船順流而下。船就像箭一般的飛馳，才一天的時間，就到達遠在千里之外的江陵。江水兩岸的猿猴啼叫聲，好像還在耳邊，船卻已經輕快的繞過一座座高山了。

【無敵大補丸】

在視覺摹寫中，加入了空間、聽覺的誇飾，而有了速度的臨場感。並使用了讀來悠揚輕快的「ㄢ」韻，讓人彷彿也感染了歷經重重艱難後，一身暢快的輕鬆。

相看兩不厭，只有敬亭山

幸好敬亭山沒有腳，才能跟我相對望。

突然，有人彎下身子，歪著頭看著喊到臉紅脖子粗的小光。小光嚇了一跳，嘴巴差一點就忘記闔起來，因為那張熟悉的臉孔，正是李爺爺。

「你現在是在演哪一段啊？這麼激動？」李爺爺笑嘻嘻的。

「我……我不是在演戲……我剛剛看到你被唐肅宗判死刑，還流放到夜郎，我很擔心……」見到安然無恙的李爺爺，小光鬆了一口氣。

「沒事，這點苦難擊不倒我。」李爺爺一把拉起小光，「沒想到你這個傻小子還挺關心我的，這倒讓我有些受寵若驚。」

小光不知道該說些什麼，畢竟，他從來就不是善於言辭的人，不過，看到李爺爺沒事，讓他終於放心。

「你們的戲有譜了，我也探望了你的外婆，是離開的時候了。」李爺爺的眼光望向遠方。

「李爺爺！我一直在想，為什麼你可以穿梭時空呢？是不是因為，你已經修道成仙了？」小光記得李白被皇帝徵召進入長安之前，曾經過著雲遊四海、求仙訪道的生活，有一段時間還和道士元丹丘隱居在山林採藥煉丹。

李爺爺驚奇的轉頭注視著小光，眼中再度閃爍奇異的光芒。

「你為什麼這麼想？」

「關於你去世的傳聞很多，感覺很神祕，所以我覺得，也許，你根本沒有死！也許，你只是成仙了！」小光猜測著：「是這樣的嗎？是不是這樣？」

「為什麼你不害怕？」李爺爺忽然問。

「有什麼好怕的？我覺得很酷！之前，為了尋找嘟嘟，我也去過異時空好多次，每次都遇到很特別的事。」

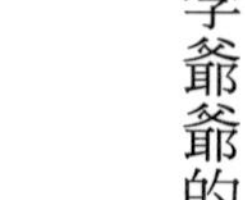

「很好！你確實是我要找的那個孩子。」李爺爺拍拍他的背，「你很善良又很敦厚，果然是阿倫家的孩子。李爺爺想請你幫個忙，行嗎？」

小光點頭：「只要是我能做到的，都可以。」

「在沉香亭的時候，你差點就要跟皇帝說安史之亂的事了，對吧？但，歷史是不能改變的。一點點的改變，就會引起非常巨大的變動。不過，你可以參與歷史，小光！李爺爺想請你參與我的歷史。」李爺爺這麼慎重的看著小光，讓他忍不住嚥下口水。一句話也說不出來。

「我不能讓唐代的人知道事情的真相，大家必須以為我已經死去了。你，來自不同時空的孩子，就是關鍵人物。」

小光發覺自己有些顫抖，分不清是因為緊張還是亢奮。

「你幫了我的忙，我要送你一個禮物。說吧，你想要什麼？」

禮物，一個禮物？想要什麼呢？李爺爺已經送了他很多禮物，給了他一段如此獨特的經歷和回憶。如果更貪心一些，他應該要求嘟嘟不要失蹤？要求外婆不要失智？但，李爺爺說過了，「歷史是不能改變的」。

小光抿了抿嘴，搖搖頭，對李爺爺說：「我願意幫您的忙，我什麼禮物都不要。」

「好！」李爺爺長嘯一聲，如閃電一般的晃動身形，拉住小光往前疾衝，一陣尖銳的、歷史被擠壓之後的聲音幾乎穿透耳膜。

睜開眼，小光發現自己置身在一座廣袤的湖邊，蘆荻在風中柔柔的擺動著，李爺爺，喔，是李白，站在離他不遠的湖水邊。這一夜是滿月呢，白玉盤似的明月倒映在平靜的湖心，美得像夢一樣。而小光的心中充滿哀傷，這就是和李白告別的時刻了，也就是李白與人世告別的時刻了。

「眾鳥高飛盡，孤雲獨去閒。相看兩不厭，只有敬亭山。」李白高聲吟詩，驚起一群憩息的水鳥。

這是李白寫的〈獨坐敬亭山〉，恍惚間，小光似乎看見山林幽徑中，有一個熟悉的背影，正往深林的盡頭走去。鳥雀一群群飛過去了，天光雲影迅速變幻著，一年、十年、百年、千年，唯有那座恆久存在的敬亭山，與孤獨的李白對望著，直到地老天荒。

李白轉頭望著小光，舉起葫蘆，喝完最後一口酒，似笑非笑的，一步步走進湖水，風吹起他的衣袂，他張開雙臂，像是要擁抱這亙古長存的明月，小光知道，那也是一個飛翔的姿勢，飛向不滅的永恆。

是時候了。

小光背過身子，用盡全身氣力大喊：「李白落水啦！李白捉月落水啦！李白——落——水——啦！」

他聽見四面八方有人呼喝著，喊著救人，重複呼喊著「李白落水」。他參與了李白的歷史，他送李白最後一段路，他知道這個祕密，關於李白永恆存在的祕密。

但是，不知道為什麼，他還是忍不住落下涼涼的眼淚。

這時，有人搖晃著小光，小光抬頭，揉揉眼睛，竟然是茉莉阿姨。

「小光怎麼睡著了？作惡夢了嗎？」茉莉阿姨彎身看著小光。

小光抹抹眼淚，什麼都沒說。

茉莉阿姨摸摸小光的手臂，「你看，手都冰冰的了，沒帶外套就在冷氣房睡覺，很容易感冒喔。」

小光謝謝茉莉阿姨的關心，並起身把手邊的書都交給茉莉阿姨，「我要還書。」

茉莉阿姨抱歉的看著小光，「不好意思，阿姨有事要先離開，請其他志工阿姨幫你處理好嗎？對了，如果有去看外婆的話，記得幫阿姨問好。」

小光點點頭，抱起書往櫃臺走去，他知道再也不會見到李白了。可是，從今以後，只要他記起李白的一首詩，只要他理解這首詩中的情感，李白就在他身邊。

當他跟志工阿姨確認還書的項目時，突然聽見急促的腳步聲，奔跑而來的是剛剛離開的茉莉阿姨，上氣不接下氣的跑到小光身邊。

「小光……小光……你來一下。」茉莉阿姨拉著小光就往圖書館的樓下跑。

「茉莉阿姨，發生什麼事啊？」小光完全摸不著頭緒。

直到在樓梯間轉過一個彎後，茉莉阿姨指著樓梯底下的方向叫小光看。

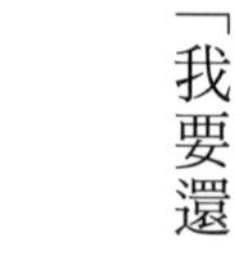

那是貼著嘟嘟照片的公布欄的下方，一團灰白抹布被扔在那兒，不，不是抹布，那個小東西動了一下，抬起頭，睜著又圓又大的黑眼睛，直盯著小光。

小光的呼吸突然急促起來，雖然快兩年不見了，還是認得出來。他日思夜想，怎麼都割捨不下的，最心愛的好朋友，這隻毛色已經變得暗灰，看起來有些疲憊的小狗，正是嘟嘟。

當他衝下樓梯時，那個小小的身影興奮得又叫又跳。

「汪！汪！汪！」久違的聲音讓小光激動得哭出來。

小光蹲下身子，緊緊抱住嘟嘟，他讓嘟嘟開心的舔著他的臉，也舔著他止不住的淚水。「臭嘟嘟，你跑去哪裡了，臭嘟嘟……」

「真的是嘟嘟嗎？」茉莉阿姨的眼眶也紅了，「我看見牠縮在這裡，就像以前等你和外婆回家的樣子，你確定是嘟嘟嗎？」

「是嘟嘟！」小光哽咽著說：「我認得牠！牠也……認得我。」

他知道，這是李爺爺送給他最珍貴的禮物。

【前臺定場詩】

〈獨坐敬亭山〉

眾鳥高飛盡，孤雲獨去閒。
相看兩不厭，只有敬亭山。

【明月來照亮】

一群群的鳥兒都高高的飛走了，孤單的雲朵也靜悠悠的飄遠了。能和我靜靜對望而不覺得厭煩的，只有這座敬亭山了。

【無敵大補丸】

詩人的眼中看見，飛鳥與浮雲皆遠去了，天地充滿孤獨與寂寞感，然而在擬人的筆法下，敬亭山有了生命，能夠理解詩人，因此成為知解心事的好朋友，可以長長久久作伴。

附錄

詩人生平、其他詩作

李白（西元七〇一——七六二）

李白，字太白，號青蓮居士，有「詩仙」之稱，是唐代最著名的浪漫派詩人，更是華人世界無人不知、無人不曉的偉大詩人。關於李白的身世，一直充滿神祕色彩，雖然李白自稱是隴西人，為漢代飛將軍李廣的後代，但這個說法始終沒能得到定論。一般認為他出生在西域碎葉（唐代絲綢之路的重要城市，位於今日吉爾吉斯的托克馬克附近），直到五歲，才隨著父親李客遷居到西蜀隆昌縣青蓮鄉（今四川江油縣）。

李白從小博覽群書；十五歲開始練習劍術；二十歲學得為人謀略的縱橫術，這奠定了他豐厚的學識，以及任俠的性格。二十六歲時，對於政治有著遠大抱負的李白，決定離開蜀中到各地遊歷，並期望自己能被朝廷賞識，進而為國家人民謀求最大福利。

遊歷期間，李白認識許多道教人士，延續他在蜀中時期就已萌芽的求仙學道的隱逸思想。此外，他還結交濟弱扶傾的豪俠志士，這些人也讓原本默默無

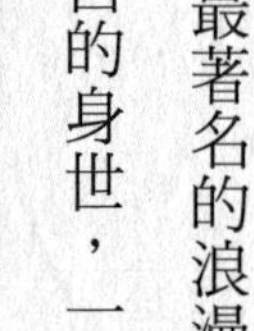

聞的李白有了一定的聲譽。

不過，讓李白名滿天下的最重要原因，就是他傑出的詩文作品，李白的詩轟動京師，引起朝廷注意，使得唐太宗三次立下詔書，徵召李白到長安。四十一歲的李白終於奉旨進宮，原以為受到唐玄宗親自接見的殊遇，可以讓他在政治上展現才能，只可惜當時的唐玄宗沉溺聲色、安逸享樂，身邊又圍繞著高力士、安祿山、楊國忠等挾勢弄權的小人，李白縱有滿腔熱血，終究敵不過小人的撥弄是非，得不到唐玄宗的重用，不到三年時間，便心灰意冷的離開長安。

十多年後，爆發了讓唐朝由盛轉衰的安史之亂，安祿山攻陷長安，唐玄宗倉皇西逃。李白加入玄宗第十六子永王璘的軍隊，準備東下抵抗安祿山，但即位的唐肅宗害怕永王威脅他的皇位，便藉機殺了永王，李白也因此牽連入獄，生死交關之際，幸得郭子儀求情才改判流放夜郎。流放途中獲赦的他早已窮困潦倒，只得投靠當塗縣令的叔叔李陽冰，六十二歲那年，李白抱著莫大遺憾與世長辭。

縱觀李白的一生，雖然在政治上不得意，但在文學史上的成就，就如同他

自許為大鵬鳥，扶搖直上九萬里，絕對是最輝煌的一頁。而他現存九百多首詩歌裡的自由率真、無法掌控的藝術風格，除了「天上謫仙人」，幾乎再也找不到更適合的形容了。

同為盛唐偉大詩人的杜甫，曾在〈春日憶李白〉詩中讚嘆的寫道：「白也詩無敵，飄然思不群。」這也就是本書名為《詩無敵》的由來。

〈秋浦歌十七首〉其十五

白髮三千丈，緣愁似箇長。不知明鏡裡，何處得秋霜？

【語譯】

白髮有三千丈那麼長，正因為我心中的憂傷也是這樣的長。看著明亮鏡子裡的白髮就像秋霜，真不知是怎麼變成這個模樣？

‧‧‧‧‧

〈玉階怨〉

玉階生白露，夜久侵羅襪。卻下水晶簾，玲瓏望秋月。

【語譯】

白玉似的臺階上，布滿一層白白的露水。到了深夜，露水已浸溼了我的襪子。於是我退到水晶簾子的後方，在簾內欣賞著那皎潔的秋月。

〈勞勞亭〉

天下傷心處，勞勞送客亭。春風知別苦，不遣柳條青。

【語譯】

天底下最令人傷心的地方，就是這個送人遠行的勞勞亭。春風也知道分離的痛苦，因此不肯讓亭旁的楊柳發出嫩枝。

⋯⋯

〈宣城見杜鵑花〉

蜀國曾聞子規鳥，宣城還見杜鵑花。

一叫一回腸一斷，三春三月憶三巴。

【語譯】

曾經在蜀國見過了杜鵑鳥，在宣城又見到了杜鵑花。杜鵑叫一回，傷心的眼淚就流一次。春光明媚的三月天啊，我時時想念著家鄉三巴。

〈贈孟浩然〉

吾愛孟夫子，風流天下聞。
紅顏棄軒冕，白首臥松雲。
醉月頻中聖，迷花不事君。
高山安可仰，徒此揖清芬。

【語譯】

我非常景仰孟夫子，他為人風雅高尚是天下聞名的。少年時就不願意作官，不愛官冕和車馬，隱居到現在頭髮都白了，仍悠閒的高臥在青松白雲間。他常常在月光下喝醉酒，更為了迷戀花草而不願去侍奉君王。他那如高山的品格怎能仰攀得上呢？我只能在此推崇他清美芬芳的品德。

〈春思〉

燕草如碧絲，秦桑低綠枝。
當君懷歸日，是妾斷腸時。
春風不相識，何事入羅幃？

【語譯】

燕地的青草長得像碧綠的絲縷，秦地的桑樹已低垂著嫩綠的枝條。當你懷想著回家的日子，正是我思念你到肝腸寸斷的時候。春風啊！我和你是不認識的，為什麼要吹進我的羅帳呢？

・・・・・

〈沙丘城下寄杜甫〉

我來竟何事？高臥沙丘城。城邊有古樹，日夕連秋聲。
魯酒不可醉，齊歌空復情。思君若汶水，浩蕩寄南征。

【語譯】

我來這裡究竟是為了什麼？使我嘗盡了生活的孤獨。自從你離開之後，日夜陪伴我的只有老樹，以及秋風吹動樹葉的蕭瑟聲。本想借酒消愁，無奈魯酒不能醉人；本想借歌解憂，怎奈齊歌雖豔，卻索然無味。我對你的思念就像浩浩蕩蕩的汶水，追隨著你一同南去。

·····

〈聞王昌齡左遷龍標遙有此寄〉

楊花落盡子規啼，聞道龍標過五溪。

我寄愁心與明月，隨風直到夜郎西。

【語譯】

楊柳已經落盡，杜鵑鳥哀啼著，忽然聽見你被降官派往龍標。路途遙遠崎嶇難行，還要越過五道險惡的溪水。我只好把哀愁的心寄託給明月，讓它隨風飄到夜郎以西，陪伴你一起去龍標。

〈登金陵鳳凰臺〉

鳳凰臺上鳳凰遊，鳳去臺空江自流。
吳宮花草埋幽徑，晉代衣冠成古丘。
三山半落青天外，二水中分白鷺洲。
總為浮雲能蔽日，長安不見使人愁。

【語譯】

鳳凰臺上曾經有鳳凰遊憩過，如今鳳凰飛走了，只留下這座伴著江水東流的空臺。

當年的吳王宮殿和美麗的花草，都已湮沒在荒涼的小徑；晉代的貴族們，也長眠於古墓之中。我站在臺上遠望，三山依舊接連到青天之外；秦淮河被白鷺洲分成兩條水道。

天上的浮雲總是把太陽遮住，使我看不見長安，而感到非常憂愁。

〈送友人〉

青山橫北郭，白水繞東城。
此地一為別，孤蓬萬里征。
浮雲游子意，落日故人情。
揮手自茲去，蕭蕭班馬鳴。

【語譯】

青山橫臥在城牆的北面，白水環繞著城牆的東方。我們在這裡分別後，你就像蓬草飄泊到萬里之外了。天上的浮雲恰似遊子的心意，夕陽的餘暉如同難捨的友情。當你揮手從此離去，只聽得見馬兒的聲聲嘶鳴。

張曼娟學堂系列 013

張曼娟唐詩學堂：

詩無敵（李白）

策　　劃｜張曼娟
作　　者｜高培耘
繪　　者｜來特

責任編輯｜李幼婷
特約編輯｜蔡珮瑤
視覺設計｜霧室
行銷企劃｜陳雅婷

天下雜誌群創辦人｜殷允芃
董事長兼執行長｜何琦瑜
兒童產品事業群
副總經理｜林彥傑
總監｜林欣靜
版權專員｜何晨瑋、黃微真

出版者｜親子天下股份有限公司
地址｜臺北市 104 建國北路一段 96 號 4 樓
電話｜（02）2509-2800　傳真｜（02）2509-2462
網址｜ www.parenting.com.tw
讀者服務專線｜（02）2662-0332 週一～週五：09:00~17:30
讀者服務傳真｜（02）2662-6048
客服信箱｜ bill@cw.com.tw
法律顧問｜台英國際商務法律事務所 ‧ 羅明通律師
製版印刷｜中原造像股份有限公司
總經銷｜大和圖書有限公司 電話：（02）8990-2588

出版日期｜ 2017 年 7 月第一版第一次印行
　　　　　2021 年 12 月第一版第七次印行
定　　價｜ 320 元
書　　號｜ BKKNA013P
I S B N ｜ 978-986-94959-6-7（平裝）

訂購服務
親子天下 Shopping ｜ shopping.parenting.com.tw
海外 ‧ 大量訂購｜ parenting@cw.com.tw
書香花園｜臺北市建國北路二段 6 巷 11 號　電話（02）2506-1635
劃撥帳號｜ 50331356 親子天下股份有限公司

國家圖書館出版品預行編目 (CIP) 資料

詩無敵 / 高培耘撰寫 ; 來特繪圖. -- 第一版.
-- 臺北市 : 親子天下, 2017.07
216面 ; 17×22公分. -- (張曼娟唐詩學堂 ; 1)
(張曼娟學堂系列 ; 13)
ISBN 978-986-94959-6-7(平裝)
859.6　　106008904